LE CHÂTEAU ABSOLU

DU MÊME AUTEUR

ROMANS

Frère Honorat, Gallimard.
Le Juge, Gallimard.
Point d'orgue, Gallimard.
Reste avec moi, Gallimard et La Petite Vermillon.
Le Migrateur, La Table Ronde.
Bientôt nous ne serons plus rien, La Table Ronde.
Poison, La Table Ronde.
La Foire aux célibataires, La Table Ronde et Pocket.
Les Trentenaires, La Table Ronde et Pocket.
Le Démon de l'acédie, La Table Ronde et Pocket.
Laisser-courre, La Table Ronde.

NOUVELLES

Trois minutes de soleil en plus, La Table Ronde.

THÉÂTRE

C'était pas si mal sous Giscard, La Table Ronde.

ESSAIS

Pour en finir avec le travail, La Table Ronde.
Horace à la campagne, Les Belles Lettres et La Petite Vermillon.
La Chasse, idées reçues, Le Cavalier bleu.

XAVIER PATIER

LE CHÂTEAU ABSOLU

Carnet

LA TABLE RONDE
14, rue Séguier, Paris 6e

ISBN 2-7103-2711-2.

AVANT-PROPOS

Faut-il publier ses carnets ? Surtout pas ! La littérature des marges, des fragments, des repentirs, des esquisses, des brouillons, des chutes que le travail du romancier, si proche de celui de l'ébéniste, laisse sous l'établi, j'ai trop de pudeur pour ne pas la destiner, en règle générale, au feu de cheminée. Brûler sans hésiter, c'est d'ailleurs le conseil que je donne à qui prend mon avis.

Mais j'étais à Chambord. Le hasard m'avait offert cette résidence invraisemblable. Je partageais mon temps entre un bureau de garde-chasse, un logement au château modestement appelé « appartement des Princes » et une forêt percée de trois cents kilomètres d'allées où ne pénétraient avec précaution que des invités de la République et de rares débardeurs.

Comme d'autres relèvent les plaques minéralogiques des voitures, je comptais les andouillers sur la tête des cerfs. Le soir, nos enfants se croisaient dans le grand escalier sans se rencontrer, et c'était très curieux. Je notais. Pour finir j'ai balayé les copeaux, j'en ai fait le tas que j'ai pu, et que voici.

X. P.

I

La nostalgie. Un sommet européen. De l'or sur les toits. Vélos enchevêtrés.

Au commencement était la nostalgie. La nostalgie qui m'intéresse n'est pas le regret d'un temps lointain, mais plutôt la réminiscence de ces jours très proches et perdus à jamais cependant, s'éloignant à toute vitesse comme des arbres le long d'une route au retour des vacances.

La nostalgie n'a pas bonne presse, je sais. On la trouve facile. Comme disait Claudel à propos de la tolérance, la nostalgie, il y a des radios pour ça. La littérature lui préfère le pur désespoir. La politique la refoule, au nom d'un credo futuriste qui est d'ailleurs une espèce de nostalgie de l'avenir. Il n'empêche, la nostalgie est la seule émotion qui vous arrache à l'idolâtrie de l'instant pour prouver l'identité de votre être à travers la durée. Elle est aussi, à y regarder de près, la seule preuve de l'existence du bonheur.

Je n'ai aucune honte à la cultiver, ou du moins à l'accueillir quand elle vient, car elle est sauvage. En ce moment, par exemple. Je ne suis pas assis depuis une demi-heure à mon nouveau bureau que déjà les tracas des semaines passées me manquent.

Nous sommes en juillet. Il est très tôt, pas encore sept heures. Le château gigantesque et biscornu, triomphant comme le vaisseau amiral d'une flotte extraterrestre au mouillage dans une planète inconnue, surveille le village encore endormi dans une brume imperceptible. La pièce où je suis est petite, mais claire. Une armoire, deux meubles bas, une table, cinq chaises, un bureau de style UGAP des années soixante-dix forment le mobilier. Un massacre de cerf orne le mur, ainsi que quelques gravures anciennes, quelques plans. Sur le bureau sont posés un téléphone et un ordinateur d'un modèle dépassé.

Les deux fenêtres sont ouvertes. Il fait froid mais il va faire chaud. D'un côté je vois des frondaisons. La forêt proche donne à l'air un parfum de fougère écrasée. De l'autre côté, par la seconde fenêtre, me contorsionnant pour regarder en haut, j'aperçois à travers les platanes les lanternons du château recouverts de plomb noir qui se détachent sur un ciel bleu gris qui dans une heure sera bleu roi. Double bizarrerie : être au bureau en plein été, être au bureau en pleine campagne.

Par où commencer ? Les lanternons encadrés dans la fenêtre ont quelque chose d'oriental, d'un décor des *Mille et une Nuits*. On m'a préparé un dossier, je suppose : une chemise en carton est posée en évidence au milieu du bureau. J'y trouve un document expliquant que François Ier avait fait dorer à la feuille les chapiteaux des lanternons avant la venue de Charles Quint au château de Chambord, en décembre 1539. L'empereur et le roi tinrent ici un sommet européen où il fut surtout question de chasse.

Le sommet de Chambord fut ouvert par une haie de jeunes filles figurant des nymphes, court vêtues malgré l'hiver, précise le dossier. Il dura deux jours, comme un G 8. Les délégations furent conduites sur les terrasses, puis invitées à sortir en forêt. On força quelques daims et un nombre non précisé de cerfs. On mangea. On but. On se mit à raconter des sottises. On chanta en italien. On ne rédigea pas de communiqué. Preuve d'un savoir-faire diplomatique qui depuis s'est perdu : on avait mis des tentures partout, su créer une atmosphère, ne rien enfermer dans des formules, remettre chaque chose à sa place et la nature au-dessus de tout le reste. Les deux principaux souverains d'Occident, dont la rivalité orne le songe de Marcel s'endormant au début de *À la recherche du temps perdu*, se quittèrent sur des souvenirs de flambées, de baliveaux et de récris. Une ère de paix s'établit entre le Royaume et l'Empire.

J'ai cessé ma lecture. Depuis le G 8, les daims et les cerfs, j'ai inventé. J'ai beau faire un effort, je ne vois rien de doré par la fenêtre. L'or des lanternons est invisible. Ce genre de décor, il est vrai, ne tient qu'une cinquantaine d'années. Les traces grises qui dégoulinent à présent sur le plomb semblent des crottes de pigeons. Tiens, me dis-je : pourquoi ne restituerait-on pas l'état initial des lanternons pour faire tinter à nouveau cette note d'or sur l'azur du ciel, qui sont les couleurs de France ? Des entreprises savent le faire, ça plairait aux conservateurs, on s'y emploie bien aux Invalides toutes les quatre ou cinq générations. L'ennui, c'est que Chambord est loin de Paris et que l'argent y trouve des usages plus prosaïques : la suite du dossier parle d'une étanchéité à refaire, de véhicules à changer, d'un mur à entretenir... Je garde mon idée pour moi. Versailles aussi a eu de l'or sur ses toits, au début, et n'en a plus. Mettre de l'or sur les toits n'est pourtant pas plus répréhensible que de le cacher dans une banque suisse.

Je sors. Je descends dans la cour du château où le gravier est assourdissant. C'est l'heure de l'ouverture au public. Il fait déjà moins frais que tout à l'heure. L'air encore froid sous le porche, mais tiède quelques mètres plus loin, annonce une chaleur écrasante comme la Sologne en connaît, une chaleur affreuse car ici elle semble contre nature. La mer est absente, le pays est plat, l'eau des douves prend une odeur de vase tiède. Des touristes arrivent en grappes. L'air commence à sentir la crème solaire. Au-delà des enceintes basses, dans une vaste plage qu'aucune mer ne borne, si ce n'est l'océan des chênes au garde-à-vous comme une armée en ordre de bataille au fond de la prairie, des Néerlandaises à moitié nues viennent d'abandonner leurs vélos à larges sacoches, les guidons enchevêtrés les uns dans les autres.

Elles arrivent en grappes aux guichets. Elles font Chambord comme on fait les courses un jour de soldes, avec une intrépidité de commande. Elles « font » l'escalier, elles « font » les châteaux de la Loire. L'inélégance de cette expression qui me vient à l'esprit, et qui est sans doute celle qui dit le mieux la nature grégaire de leur motivation, me provoque une vague honte : qui suis-je pour les juger ainsi ? Elles ont les jambes couleur carotte : elles ont eu chaud, la veille, sur les pistes cyclables. Elles n'ont pas lésiné sur ces crèmes qui assurent sans risque un bronzage rapide et répandent une lancinante odeur. Je ne dis pas que leur visite est une profanation : la seule manière de profaner Chambord serait de l'ignorer — mais l'odeur est exotique et complexe.

Odeur sucrée dans un lieu salé. Odeur de vacances à la mer, de voiles blanches à l'horizon et de marchands de glaces. Odeur de plage égarée dans les terres. Odeur adolescente. Odeur insulaire. Odeur nostalgique. Odeur, qui sait, d'une aventure inaboutie et oubliée. À quarante ans, on commence à traîner derrière soi une trop grosse cargaison de souvenirs, je veux dire : de souvenirs oubliés qui, quittant notre conscience claire, prennent sur nous un pouvoir mystérieux.

Heureux âge, celui où l'on pouvait encore se dire : la première fois que j'ai voulu ceci, la première fois que j'ai ressenti cela… Heureux âge où tout tenait ensemble : les souvenirs récapitulés dans une main comme un paquet de rênes, le fouet de l'avenir solidement tenu dans l'autre et, droit devant, les chevaux attelés du destin.

2

Une frontière olfactive. L'œil du maître.
De la mixité chez les gendarmes.

Neuf heures et quart. Déambulant, je m'aperçois qu'une frontière olfactive sépare le donjon, où domine la crème solaire, et les enceintes, où l'odeur de cheval prend le dessus. Dans le milieu de la cour, le crottin et la crème solaire mélangés me rappellent quelque chose, je ne sais quoi.

Pourquoi nos réminiscences sont-elles plus sensibles à l'odorat qu'aux autres sens ? Une impression de déjà-vu n'est pas grand-chose ; mais une impression de déjà-humé ! La petite madeleine, ce n'est pas d'abord un goût ou une consistance, mais le fumet du thé tiède avec un peu de lait. Sur les terrasses de Chambord la pierre sent le vin boisé dans l'humidité du matin. Odeur de médoc, de crème solaire, et, disais-je, de crottin. J'ai déjà senti ça quelque part.

Je traverse la cour. Un méchant soleil commence à cogner. Je me laisse guider par l'odeur de cheval. J'arrive devant le poste de gendarmerie installé dans l'enceinte sud. J'entre. L'adjudant-chef Marin, un grand gaillard à bottes de cuir noir, me fait les honneurs des lieux : « Je suis à votre disposition. » Je remercie sobrement. J'inspecte — je fais semblant d'inspecter — les chevaux cantonnés là par le régiment de la garde, à l'angle de la tour des Princes, dans des écuries de sept mètres de plafond aux murs ornés de massacres de cerfs. Les fenêtres à meneaux des box sont fermées par des vitraux.

Huit selles français, un anglo-arabe et un trotteur hollandais, luisants, paisibles, passent le bout du nez au-dessus des ventaux. À quelques mètres de la foule et du soleil, l'écurie est sombre et calme. Presque fraîche. La boucle d'un harnais luit dans l'obscurité et, dans le silence, la manducation régulière du foin apaise l'atmosphère. Sentiment d'éternité, chevaux au râtelier ! Vieux chevaux. Le sous-officier me signale qu'ils ont presque tous plus de quinze ans : vues de Paris, les affectations en province sont des planques. Ce sont de vieux chevaux méritants de la Garde républicaine qui sont là, affectés à une prestigieuse sinécure, comme des hauts fonctionnaires dans une inspection générale.

Mais ces chevaux sont bien tenus. J'en fais compliment au garde en treillis qui manœuvre des bottes de foin avec une poulie électrique. « Nickel », renchérit-il. J'acquiesce d'un souffle. J'aime ce proverbe : « C'est l'œil du maître qui fait le poil du cheval luisant. » Pour se faire une idée d'un domaine, il faut d'abord jeter un coup d'œil à l'écurie, de la même façon que pour se faire une opinion d'un être humain, il faut commencer par ouvrir son frigo. Du fumier accumulé, un yaourt entamé : passe ton chemin...

Autour des box, des jeunes filles longilignes, en tenue de gendarme et bottes d'équitation, s'affairent à ratisser la paille avec ce ralentissement maternel des gestes que les femmes n'offrent qu'aux chevaux et aux bébés. Elles interrompent leurs ondulations consciencieuses, se redressent un court instant, déployées de toute la longueur de leur corps pour nous saluer d'un bref claquement de talons. Je songe à ce propos de Chateaubriand sur Chambord, « château féminin », je songe aux nymphes alignées pour Charles Quint, à la sentence « Souvent femme varie » que François Ier grava sur un carreau de sa chambre dans la tour nord, aux deux femmes que les Valois firent ici gouverneurs, à la Grande Demoiselle découvrant le double escalier, je songe aux actrices du maréchal de Saxe, à la Favart, aux Bataves au bronzage irréprochable qui transpirent en ce moment dans les étages, en visite guidée : pas de doute, Chambord est un château de femmes.

Nous sortons tous les deux, l'adjudant-chef et moi, en direction du parterre sud dont le maréchal de Saxe avait fait une place d'armes. Au seuil de l'écurie, une gendarmette blonde, cheveux dénoués, en se figeant au garde-à-vous, nous sourit. Troublante impression. Je m'en ouvre à l'adjudant-chef qui me suit à quelques pas. « Je n'ai jamais pu m'y faire moi non plus, me répond-il, songeur. Le salut militaire, le garde-à-vous, avec ces sourires féminins que le règlement ne prévoit pas… » Le poste à cheval que commande l'adjudant-chef Marin, cavalier jusqu'à l'os qui a du mal à dissimuler son mépris pour tout ce qui va à pied, compte onze femmes sur un effectif de quatorze personnes. « Si vous saviez ! » murmure-t-il. Impossible d'en savoir plus, ce premier jour. Il faudra que je revienne.

3

Pompidou à la chasse. La révocation de l'édit de Nantes. Les vrais regrets.

Il est neuf heures et demie. Comme il y a décidément trop de touristes au château et que je n'ai pas de programme (je suis arrivé un jour plus tôt qu'annoncé, personne ne m'attend encore), je retourne discrètement dans mon bureau. Officiellement, je ne prends mes fonctions que demain. Il n'empêche, être au bureau quand il fait beau dehors me donne le cafard. Enfant, le cri de martinets dans la cour de récréation suffisait à me rendre insupportable la classe à l'approche des grandes vacances. Ici, le soleil et les rires des touristes entrent à pleins bords par la fenêtre.

Je m'apprête à reprendre la lecture du dossier posé sur mon bureau. Je me remémore par quel détour je me retrouve enfermé là comme un gardien de phare, dans cette pièce aux murs ornés de trophées et de gravures anciennes, à feuilleter une note sur la réception de Charles Quint par François Ier, tapi derrière des murailles battues par l'océan des visiteurs. Je regarde des lanternons à travers la croisée (il fait chaud, j'ai maintenant fermé les fenêtres), je considère un moment la hure de sanglier qui surplombe mon micro-ordinateur, et, habité par le spleen qui me prend à chaque fois que je change de décor — et Dieu sait combien de fois j'aurai déplacé ma petite cargaison professionnelle d'un endroit à un autre — je songe tout à coup à Georges Pompidou.

Pourquoi à Pompidou ? Parce que sans Pompidou je ne serais pas là : c'est lui qui a créé il y a trente ans l'emploi que je viens de rejoindre, à la date où d'ordinaire les Français partent en vacances. J'ai pris avec moi son *Anthologie de la poésie française*, édition de poche, pour tenter de le mieux connaître. Sa préface nous en dit davantage sur lui que son fameux *Nœud gordien* que je viens de relire par la même occasion. « Pourquoi, écrit-il, entreprendre une nouvelle anthologie de la poésie française sinon, d'abord, pour soi-même ? » Et pourquoi accepter une charge à Chambord sinon, d'abord, pour la poésie ?

J'essaie d'imaginer Pompidou à Chambord, parlant d'art moderne aux dîners de chasse mais sur ses gardes pendant la journée, attendu par une DS noire comme Louis de Funès dans *Rabbi Jacob*, portant au bec une cigarette en un temps où fumer était signe de liberté, moitié enfant de la communale et moitié dirigeant de la banque Rothschild, rural et moderniste, gaulliste mais pas exactement, épris des parnassiens et des taux de croissance, président puissant d'un pays qui pour encore un peu de temps pèse lourd.

Pompidou, fusil à l'épaule. Pompidou en pantalon de golf, jambes mi-écartées, devant un parterre de sangliers morts, à côté du comte de Beaumont et de Marcel Dassault. Pompidou de profil, la lèvre supérieure pointée en avant, offrant aux rabatteurs des gauloises qu'il tire de sa poche. Pompidou avec un chapeau à la Gaston Defferre. Pompidou ruminant Eluard derrière son affût. « La passion de la poésie, dont on me prédisait lorsque j'étais enfant qu'elle passerait, a persisté au-delà du “milieu du chemin de la vie”. »

Dans mon bureau exigu — c'est le comble, un bureau exigu à Chambord où tout est gigantesque —, les placards sont remplis de vieilles notes administratives, et les tiroirs d'annuaires périmés. J'en prélève des paquets poussiéreux à l'odeur aigre. « *La création d'un Centre international d'étude sur le cerf est en cours* » (note adressée par un de mes prédécesseurs en 1972 à Michel Guy, ministre des Affaires culturelles, dont j'ignorais le goût pour les cervidés). « *De grands travaux d'hydraulique sont en voie d'achèvement* » (note au chef de l'État, en 1971). J'ai bien peur qu'aucun de ces deux projets n'ait connu l'aboutissement. Il n'en faut pas davantage pour que m'assaille ce sentiment familier et cruel qui est celui de mon inutilité. Serai-je capable de faire quelque chose de bon ici, si naguère les urgences ont ainsi attendu ? Ces notes dupliquées au carbone sur des pelures jaunies, avec leurs tournures martiales, leur ton péremptoire, et leur typographie si particulière, récapitulent les années soixante-dix, la France prospère, le plein emploi, l'État sûr de lui, les cocardes sous les pare-brise, un autre monde. Je me sens dans la peau d'un imposteur.

Mieux vaut penser encore à Pompidou. C'est un grand honneur que de penser à un illustre disparu. Un grand homme qui a rendu sa copie, nous le considérons avec une redoutable liberté. Nous y prenons ce qui intéresse notre démonstration et nous laissons dans l'ombre ce qui nous éloigne de notre *a priori* sans qu'il puisse répondre. Je joue, respectueusement, avec Pompidou « en soi ». J'ouvre d'autres tiroirs. Je fouille dans le haut du placard à la recherche de renseignements que je reconstitue comme un détective à partir de dossiers épars. J'y vois que le grand homme se met à la chasse au gros gibier sur le tard, entraîné dans cette passion par un industriel gaulliste, un certain François Sommer, qui avait fait fortune dans l'industrie textile. Le normalien à mégot tomba sous le charme de Chambord alors qu'il était Premier ministre. Après son élection en 1969, il fait de l'ancien domaine royal un territoire de chasses présidentielles.

Certes, on chasse à Chambord depuis la nuit des temps : François Ier a construit le château en forêt pour cela, le jeune Louis XIV y suivit des laisser-courre mémorables et des siècles avant eux Thibault le Tricheur avait découplé dans les environs. Mais Chambord n'est pas Marly ni Rambouillet. Avant Pompidou, on y chassait en catimini. La République, qui avait acquis le domaine en 1930, n'avait pas osé se l'approprier jusqu'au bout. Elle y faisait chasser des gardes en semaine. Mis à part des présidents de fédérations de chasseurs et, rarement, quelques parlementaires, elle n'y invitait personne. Le général de Gaulle n'y donna qu'une seule battue, organisée par le Conseil supérieur de la chasse le 24 février 1963. Aucun dossier, aucune vieille photographie ne nous montre, comme à Rambouillet, un ambassadeur ou un ministre à barbiche posant, l'air martial, près d'une De Dion-Bouton ou d'une traction, devant la silhouette fameuse du château. Je ne trouve qu'un cliché non daté (sans doute de 1953), où l'on voit le président du Conseil Joseph Laniel méditant devant trois sangliers abattus dans un fourré profond, aux côtés de ce qui semble le marquis de Vibraye. Rien d'autre.

En 1969, Georges Pompidou saute le pas. Il fait de Chambord un territoire de *chasses présidentielles*. Je suppose qu'il ne lui déplaisait pas d'impressionner le milliardaire François Sommer qui possédait lui-même un beau domaine de chasse dans les Vosges où il l'invitait tous les ans — côté nouveau riche qui chez ce Cantalou me séduit, parce que justement c'est sa faiblesse —, et qu'il lui importait aussi de disposer d'un lieu assez près et assez loin de Paris pour inviter discrètement des hôtes de l'État — côté pratique, qui me plaît bien aussi. Je retrouve les tableaux de chasse. Ils sont éloquents : plus de mille sangliers sont tués en battue officielle de 1969 à 1974. Le président de la République y est assidu et de plus en plus adroit : le 5 février 1972, il tue à lui seul cinq bêtes noires, deux de moins d'ailleurs qu'Antoine Veil, son invité le plus chanceux.

Le 26 janvier 1974, une des dernières sorties de Pompidou malade est pour une battue à Chambord. Veil est aussi là, et aussi la vieille garde : Hettier de Boislambert, Dassault, Lefranc... Soixante sangliers sont tués, mais aucun par le Président, qui sans doute ne pouvait déjà plus tenir un fusil. Le maréchal de Saxe, atteint d'une pneumonie, avait chassé lui aussi le sanglier dans le parc de Chambord pour faire taire des rumeurs et célébrer la vie qui le fuyait : quelques jours après, il mourait. C'était en novembre 1750.

Chambord est un lieu d'épilogue plutôt que de projets : on y récapitule une existence, on y patauge dans l'eau noire des fossés sans penser à demain, on s'y recentre sur soi-même avant de tout quitter. On y meurt rarement, mais on n'y naît jamais. Aucun acte politique majeur n'y a été conçu, si ce n'est quelques idées de dragonnades et, en 1685, la malheureuse révocation de l'édit de Nantes, imaginée par le jeune Roi-Soleil pendant un séjour de vacances et décidée à la rentrée, une de ces belles erreurs unanimes dont la France a parfois le secret. D'après la marquise de Sévigné, qui s'y connaissait, la révocation de l'édit de Nantes fut la décision la plus judicieuse de Louis XIV, car la plus populaire. Si elle avait été soumise au référendum, elle aurait fait un tabac.

Revenons à Pompidou. Je poursuis mon travail d'archéologie administrative. Aux prétéritions d'un rapport reproduit sur pelure carbone, je crois comprendre qu'un jour de l'hiver 1969, une chasse s'est mal passée. Le préfet était en retard à l'accueil. Le château n'était pas préparé. La traque fut décevante. Où sont les sangliers, bon sang ? Pompidou, qui est encore svelte et prompt à l'exaspération, explose (enfin je suppose qu'il explose, car la suite le laisse deviner). Il saisit Bernard Pons, alors secrétaire d'État à l'Agriculture, pour exiger qu'il y ait désormais un patron à Chambord. Il veut un fonctionnaire d'autorité coordonnant sur place l'organisation des chasses, la conservation du château et la gestion administrative.

L'administration s'exécute au pas de course : en quelques mois Pons charge des autorités de réfléchir (Pierre Juillet, Michel Denieul, François Sommer s'en mêlent), fait adopter un décret, installer une procédure. Pour finir, le président de la République nomme un fonctionnaire sur place. On donne à sa fonction le nom, très daté, de « commissaire à l'aménagement du domaine de Chambord » (cette époque avait l'obsession de l'« aménagement »). Qu'est censé faire le commissaire à l'aménagement de Chambord ? Un métier étrange, confidentiel, absent des annuaires administratifs. Une fonction tenant du concierge, du conservateur, du grand veneur, du garde-chasse et du maître d'hôtel. Le décret du 8 décembre 1970 indique sobrement : « *L'aménagement et la gestion du domaine de Chambord sont placés sous l'autorité d'un commissaire...* » Soyons clair, la première chose qu'on demande au commissaire, c'est que des sangliers veuillent bien sortir des traques. Le Président et ses invités ne sauraient être bredouilles. Il faut une vraie fantaisie pour se lancer dans un tel métier, fleurant à ce point l'Ancien Régime. Le premier qui l'osa en 1970 était un préfet passionné de chasse, Christian Dablanc. Un autre préfet chasseur lui succéda, et ensuite, par trois fois, un ingénieur forestier. Il semblerait bien qu'aucun d'eux ne se soit jamais remis d'avoir exercé un métier aussi improbable. Le premier d'entre eux est mort. Les autres ont gardé avec le lieu une relation maladive, et ils reviennent y rôder, tout en s'en défendant.

Comment suis-je arrivé là à mon tour, moi qui ne suis ni préfet, ni chasseur à tir, ni ingénieur des Eaux et Forêts ? Que fais-je ici ? Pourquoi moi ? Question lancinante, question que je me serai posée plus qu'à mon tour dans ma vie. Réponse possible : j'ai postulé à Chambord pour la beauté provocante du geste. Pour le côté pompidolien du titre. Pour ce vers de Péguy : « Chenonceau et Chambord, Azay, Le Lude, Amboise... », qui me traverse les entrailles. Pour le patrimoine. Pour la Renaissance. Pour les Valois. Pour bâtir un grand projet culturel, dont je n'ai d'ailleurs pas encore une idée précise. Pour aller dans les bois quand les autres sont au bureau. Et aussi parce que je n'aime pas que mon passé décide de mon avenir.

J'ai cette faiblesse de ne pas vouloir être un fonctionnaire comme les autres. Je rêve de temps pour écrire mes livres. Je n'en ai jamais eu. Ici, on me susurre que je n'en devrais pas manquer. Il n'empêche : alors que je viens de m'installer au petit matin dans ce bureau à la campagne, avec les trois mois d'été étalés devant moi et une vue oblique sur des lanternons du XVIe siècle, j'ai une brique sur l'estomac. Je ressens la sensation coupable de poser un sac à dos : pour venir, j'ai abandonné un métier accaparant. Un vague remords me tient, remords de me retrouver dans ce cagibi à lire cafardeusement une note sur Charles Quint et à fouiller dans des dossiers pompidoliens vieux de trente ans, quand ailleurs la vie continue sans moi. Certes, je suis de l'espèce qui se transplante avec sa motte de terre, ma femme, mes enfants. Mais je suis venu tout seul pour commencer, en éclaireur.

Les regrets... Nos vrais regrets, nos vrais remords sont-ils ceux de nos actions ou ceux de nos omissions ? Allons ! nous savons bien : les sottises que nous avons faites, il est bien rare que nous ne finissions pas un jour par les regarder avec indulgence. Mais les tentations que nous nous sommes refusées ? Telle main tendue que nous avons ignorée... Vrais remords, ces fruits offerts et repoussés, cette ascèse satisfaite du jeune homme qui nourrissait son orgueil du feu qu'elle refusait à la chair. L'enfant prodigue, c'est tout de même celui des deux qui a eu la vie la plus intéressante (j'écris cela, qui doit être inintelligible aux neuf dixièmes des adolescents d'aujourd'hui, mais je l'écris pour le dixième). Le frère aîné a tout réussi, sauf sa vie. J'ai commis la sottise. Je me suis exilé à Chambord, voué à un ennui insupportable ou à un projet captivant. J'ai accepté le risque d'y finir en avalant des caroubes administratives.

4

Écrire au calme. Déterrer un blaireau.
L'impudeur du romancier. La Rochefoucauld.

Écrire au calme dans un château de la Loire : voilà une ambition angélique dont je crains qu'elle soit vite déçue. Je ne suis pas assis depuis deux heures que déjà on m'a repéré. On me sollicite pour de minuscules désastres. Je suis venu à Chambord pour échapper à la tyrannie des détails. Erreur ! Un garde débarque à l'improviste dans mon bureau avec des catastrophes à rafistoler dans les combles ou dans la réserve, un blaireau à déterrer, une ampoule à changer, un fâcheux à recevoir sans préavis. Je suis venu à Chambord pour édifier la stratégie d'un rêve, et dès le premier jour on me demande de traiter des pannes du groupe électrogène, de la pêche à la ligne que le maire veut organiser dans les douves, des états d'âme d'un ministre aux champs qui s'annonce, et veut n'être point dérangé et à la fois recevoir des fax. Rien de terrifiant, mais un amoncellement de petites urgences chronophages qui coupent les ailes de ma rêverie. Je suis venu pour la Muse ; on me fait messager. Mon projet littéraire est aussi menacé par la majesté du lieu : quand même j'en aurais le loisir, comment écrirais-je ici quelque chose qui ne serait pas ridicule ?

Mais il y a plus profond : se confier est un défi pour la race d'écrivains à laquelle j'appartiens. La géographie ne peut rien pour moi. Je suis romancier plutôt que poète. Le roman permet des impudeurs sans confidences. La poésie s'accommode de la pudeur, mais sans les confidences elle ne dit rien. En littérature, n'est littéraire que ce qui est poétique comme, en science, n'est scientifique que ce qui est mathématique.

Lorsque dans un roman, mais ce peut être aussi bien devant un tableau ou un visage, se manifeste tout à coup une profondeur saisissante qui vous entraîne au-delà de vous-même comme une douloureuse joie, comme une voluptueuse souffrance, c'est à coup sûr qu'il y a poésie. Le reste, c'est de la fibre alimentaire.

Tout dire, tout montrer, pénétrer un lieu, c'est la prétention universelle. C'est aussi l'injonction que me lançait il y a peu Olivier Frébourg, à qui j'annonçais mon installation à Chambord : « Veinard ! Profite de cette fonction pour mettre en forme ton journal. Écris ! Parle de toi, essaye-toi à l'autobiographie. » Je voudrais bien parler de moi, mais je ne peux pas. Non que ma vie présente moins d'intérêt que celle des autres : je suis naturellement persuadé du contraire —

comme les autres —, cependant plus j'écris et plus le malentendu s'épaissit.

Dans un roman tout est autobiographique, sauf justement ce que nous racontons. Le roman, pour cette raison, ne peut pas tricher : un roman vrai, c'est un vrai roman. J'aime bien pour cette raison m'exprimer par le roman. Mais commencer à écrire « Cette fois, je ne raconte plus des histoires, je vous parle de moi » est au-dessus de mes forces. Je mesure ce que le talent littéraire doit à l'exhibitionnisme. Si je manque de souffle, c'est que je garde pour moi certaines ruminations. Mes amis savent que mon œuvre orale est meilleure que mon œuvre écrite. Et moi, je sais que le domaine où j'exprime un véritable génie, c'est le rêve inexprimé dont je suis seul témoin. En imagination, je tutoie les plus grands.

Quand je voudrais jouer le jeu, passer aux aveux écrits (avouer Dieu sait quoi !), il reste que je me mentirais à moi-même. Non certes par peur de la vérité, mais parce que ma vérité est trop compliquée à écrire. Non pas trop difficile à avouer : trop compliquée à écrire. On n'invente pas comme je le fais des dizaines de personnages sans être soi-même d'une nature embrouillée. Les passions qui orientent une vie, les épreuves dont nous sommes survivants, les bonheurs secrets, les renoncements cachés, cela ne se met pas sur du papier. Question de décence.

Le risque n'est pas de se peindre comme un être parfait, au contraire. Il est tentant de céder à la complaisance, en s'attribuant un peu plus de vices ou de faiblesses qu'on en a, pour se rendre intéressant et acquérir au passage la gloire de la franchise et de l'humilité. Quand l'idée me prend d'écrire à la première personne, je pense toujours à cette maxime de La Rochefoucauld : « On aime mieux dire du mal de soi que de n'en point parler », et à cette autre, plus terrible parce que sans issue : « Le refus des louanges est un désir d'être loué deux fois. » Impossible de se taire, impossible d'avouer : je vais donc continuer à raconter des histoires, à faire du roman vrai, du vrai roman.

5

Latinité et francité. François Ier et l'Italie à domicile. Infiltrations.

Un roman vrai : à Chambord, je viens d'arriver seul, un soir de juillet 2000, après sept heures de route à travers le Languedoc, le Quercy, le Limousin, et le Berry, des noms de pays si français, et l'instant est raté. Pas de chance, je manque le rendez-vous avec la magie poétique. Lorsque j'aperçois enfin l'immense château pâle derrière une ligne de peupliers d'Italie rendue discontinue par la tempête de l'hiver précédent, un malaise me saisit. Il me semble que j'arrive sur une scène de théâtre par un mauvais côté. Arriver dans un lieu où l'on sait que l'on va vivre, cela interdit les extases de touriste.

Je longe la route, je me gare à différents endroits, je change l'angle de vue, rien n'y fait : où que j'aille, j'ai l'impression d'aborder le château par-derrière.

Par le nord, le château est trop magnifique, trop comme sur les boîtes de chocolat Poulain. L'image est excessive ; on n'y croit pas.

Par la route Charles-X à l'ouest, on le dirait au fond d'un trou, *Titanic* à moitié englouti. On voudrait le tirer de là.

Par la route de Bracieux au sud-ouest, il émerge d'un fouillis de maisons qui le rend incompréhensible. L'image est celle d'un monument d'après la catastrophe finale, comme l'Arc de triomphe ensablé dans *Les Ravages d'une ville* de Barjavel. C'est la vie après la mort, le retour à zéro dans un monde où un verre d'eau se paie d'un kilo d'or, où les billets de banque servent à allumer le feu.

Par la route de la Commission, plein est, le château est concurrencé par les ruines des écuries du maréchal de Saxe, qui donnent une idée de ce qu'il sera dans quelques siècles, si le ministère du Budget gagne ses arbitrages. Ruines inachevées, remplies de constructions provisoires, de réserves de fourrage, de box à chevaux et de tracteurs agricoles ; ruines adossées à un marécage, ruines non encore ruinées, ruines organiques plutôt que minérales, plus proches du cadavre que du squelette.

Le château de Chambord ne cesse de me tourner le dos, ce premier soir. Vouloir le comprendre, se prendre à l'aimer, serait-ce se vouer à mourir frustré ?

Le seul angle d'où Chambord ne lésine pas en promesses, je ne l'ai découvert que plus tard : c'est depuis l'avenue Royale, au sud. De là-bas il émerge des arbres comme un songe, tellement éloigné qu'il se confond avec les frondaisons. Je marche vers lui, comme en écartant des branches, et tantôt il apparaît, tantôt il disparaît : il se fait gibier, montant et dérobant ses toits branchus comme des ramures. J'ai pris l'habitude d'achever par là mes sorties à cheval : depuis le rond du Roi, on peut galoper à bride abattue trois bonnes minutes en direction du bâtiment sans paraître s'en approcher, tant il est gigantesque et l'avenue interminable.

Tout au bout, près de Monfraud, un mirador de bois a été installé pour la chasse à l'affût du cerf. Comme le mirador est bâti sur une éminence, on aperçoit de là les lanternons, perdus dans les cimes des chênes, à six kilomètres.

Chambord est un château trompe-l'œil. Pour commencer, son côté faux palais romain me laisse perplexe. J'aime la latinité. J'aime la France humide. Mais les mélanges me dépassent. J'aime les vieux murs de tuffeau des bords de Loire ensevelis de lierre et j'aime les murets de brique antique bordés de cyprès, pourvu qu'ils soient chacun à sa place. J'aime le ciel bleu, le sol dur, le marbre blanc, les pins parasols et les versions latines. J'aime l'Église catholique romaine aussi bien que l'Antiquité païenne, les franciscains ronds déambulant place Saint-Pierre autant que les chats maigres aux aguets dans le Forum, peu importe, mais je n'arrive pas à les mélanger avec la terre lourde et la pierre mouillée. À Chambord, l'Italie est naufragée dans un marais de Sologne.

Quand j'arrive à Paris de retour de Rome, je ressens un malaise très particulier, un malaise de matériaux : il n'y a pas de marbre à Paris. Les bâtiments parisiens ressemblent à des répliques bon marché d'originaux disparus, des répliques mal alignées comme des étais de fortune sous un ciel encrassé de nuages en train de s'effondrer. Que la latinité est exilée sous un ciel comme celui-là ! À Chambord, ce que j'ai ressenti la première fois, c'est l'impression de découvrir un hybride. Le tuffeau dont sont construits les murs, cette crayeuse singerie du marbre de Carrare qu'un ongle suffit à rayer et qui part en bouillie en quelques décennies m'a ouvert des horizons insoupçonnés. Chambord est un pastiche, mais le pastiche d'un original qui n'exista que dans le rêve d'un roi adolescent.

François Ier, faute d'avoir conquis l'Italie, se construisit une Italie chez lui. Une Italie à lui. Il s'est ainsi offert un palais de marbre sans marbre. Pour le carrare blanc, le roi lettré a pris le tuf de Bourré, une craie d'écolier. Pour le marbre noir, il a détourné l'ardoise angevine, ardoise d'écolier encore, la plus fragile de toutes. Pour la mer bleue, il a fait affaire avec l'eau brune des étangs. Pour le sol dur, un marécage. Il n'est pas étonnant que, depuis cinq siècles, l'histoire du château se résume à celle de la lutte contre les infiltrations, la maladie de la pierre et le pourrissement général.

Chambord est un château construit pour l'immédiateté. Du temps des Valois, la vie était un cent dix mètres haies : on perdait son esprit d'enfance à huit ans, sa virginité à treize ans, ses illusions à quinze, ses scrupules à vingt, tout fors l'honneur à vingt-cinq, ses dents à trente, et à cinquante, deux fois sur trois, on était mort. On ne débattait pas des retraites. La vie se prenait d'un seul galop. C'était une fuite éperdue. À chaque foulée, il fallait se débarrasser d'un peu de son chargement. C'est pourquoi il importait peu à François que Chambord eût la consistance d'un château de sable. La marée montait, le roi n'avait pas le cœur à réfléchir. Il fignolait les détails, ignorait l'essentiel, comme un enfant qui se moque bien du flot qui lui mouille les pieds.

6

Infiltrations (suite). La métamorphose du monde. Abdou Diouf.

Chambord n'est pas un palais, mais le pavillon d'une exposition universelle qui ne disait pas son nom : la tour Eiffel de la Renaissance française. Toutes les générations ont trimé pour le garder debout, sans trop savoir qu'en faire. On parle pour la première fois de « réparation » du château dans un arrêt de la Chambre des comptes du 26 juin 1550, alors que l'édifice n'est même pas complètement fini.

En 1566, un rapport de Robertet signale que « l'eau passe à travers les terrasses et gâte et pourrit ces quatre belles voûtes des salles ». « Pourrit » : le maître mot est lâché. Dès ce jour, le château de Chambord est associé à l'idée de pourrissement dans tous les rapports d'architectes.

Au début du XVIIe siècle, Gaston d'Orléans se plaignait que les terrasses prenaient l'eau de partout et « pourrissaient ». Il fit de gros travaux de restauration. Le 1er juin 1641, un devis expertise l'état désastreux des terrasses, évoquant les voûtes

« ruinées, pourries et rompues par les eaux ». Il fallut tout reprendre.

Moins de trente ans plus tard, un mémoire signale la réapparition de fentes sur les terrasses. Des chéneaux sont refaits. En 1749, le maréchal de Saxe, prenant possession de Chambord, bombarde le roi de notes réclamant des financements pour résoudre des problèmes d'humidité. En 1774, période où pourtant on investit peu à Chambord, il faut rafistoler une nouvelle fois, en catastrophe, les dallages des terrasses.

En 1804, des restaurations d'urgence sont faites une fois de plus sur les terrasses du donjon « pourri de vétusté ». Le rapport ne dit pas que le donjon était « moulu », ni « usé », ni même « ruiné », mais bien « pourri ». L'eau s'était infiltrée. L'eau est partout à Chambord : l'eau du ciel, qui ruisselle, et l'eau d'en bas, qui plus sournoisement remonte.

Vingt-cinq ans après ces restaurations de fortune, Victor Hugo en personne tire à nouveau la sonnette d'alarme. « Nous avons vu Chambord, cet Alhambra de la France. Il chancelle déjà, miné par les eaux du ciel qui ont filtré à travers la pierre tendre », écrit-il. Air connu. On bricole l'étanchéité des terrasses en 1856, puis encore en 1878. L'édition 1856 du guide *Excursions en Val-de-Loire par le chemin de fer* indique : « Il ne faut se le dissimuler, Chambord est une ruine. Seulement, c'est une ruine à peu près couverte et complète... » Un peu plus tôt Chateaubriand avait déclaré : « Le château est frappé de malédiction. »

L'histoire continue. En 1890, des pierres partent en bouillie, on doit démonter et remonter avec de nouveaux blocs de tuf la grande lanterne. En 1925, antienne habituelle, l'étanchéité des terrasses est refaite d'urgence. Malgré cela, en 1945, une partie menace ruine. « Les terrasses prennent l'eau », dit laconiquement le rapport de l'architecte d'après-guerre. On refait.

En 1998, la réfection complète des terrasses et des balustrades recommence. Elle est en cours à mon arrivée, en juillet 2000.

Ce premier soir, je fonce sur ces fameuses terrasses, sans savoir encore que c'est le lieu de tous les ennuis, la quintessence des songes d'un grand roi, aussi compliquée à conserver que la momie de Lénine. Je gravis en courant l'escalier à double vis, où la lumière du ciel monte et descend deux fois par jour, serrant dans ma poche le trousseau tout neuf qu'on m'a remis. Je pousse une porte de fer et l'air me saisit comme sur le pont d'un navire. Du vent souffle, une harde de nuages transhume au ras de la mâture. Les souches des cheminées basculent sur ma tête. Les rafales sifflent dans les échafaudages et leurs accastillages.

Des décors fantomatiques surgissent de partout à la fois comme dans les parties hautes et secrètes d'une cathédrale : des salamandres sculptées dans la pierre, des angelots invisibles depuis le sol, des valets de chiens sonnant du huchet comme pour rameuter les nuées, des niches à coquilles, des damiers d'ardoise. De tous côtés on est surveillé, pris dans un panoptique. Tout en bas, il y a de l'eau, de l'herbe et la forêt.

Je fais le tour de la lanterne. J'imagine François Ier accoudé à la balustrade, faisant les honneurs de la vue à son vieux rival Charles Quint. Est-ce ici que le roi de France éprouva pour la première fois la métamorphose du monde, sur ce pont immobile d'une caravelle de pierre ?

En bas, dans les douves bordées de murs de trois mètres de large, croupit un Moyen Âge moribond. Plus loin, la forêt un peu trop organisée, avec ses avenues perpendiculaires et ses étoiles, annonce le Grand Siècle. Sur les terrasses, c'est le délire : un village italien de la Renaissance — mais qui ne ressemble à aucun village italien de la Renaissance, avec ses maisons, ses minarets mahométans, son clocher gothique, sa place centrale, ses recoins à l'érotisme horacien (le bracelet d'argent arraché comme un gage au poignet d'une *puella* qui ne résiste que pour la forme, dans les versions latines de terminale), ses ruelles : une folie. Descartes est dans la forêt, Dali dans le château. Dans les arbres, la civilisation française. Dans l'architecture, l'absolue sauvagerie.

François Ier n'est pas un conquérant : un collectionneur. Il fonce en Milanais non pas à la façon d'Alexandre le Grand, l'inventeur du monde, mais de Calouste Gulbenkian, l'esthète. Sûr de son droit, il se transporte en Milanais comme chez un notaire de famille, cependant il ne veut pas le fort mais le beau. Il ne convoite pas l'univers : il court les galeries d'art. Il s'offre même un séjour en prison, pendant que la roue tourne à toute vitesse, que le centre économique de l'univers pivote autour de la piazza Navona, passe de l'Italie aux Flandres en attendant de s'envoler vers l'ouest. Le royaume de France regarde ça de haut.

La métamorphose du monde, le mal français : me revient bizarrement, tandis que je rêve sur cette terrasse, la perception que j'en ai eue en arrivant à Dakar, apprenti diplomate, en 1989. Il règne la chaleur moite de l'hivernage. L'ambassadeur Jean-Louis Lucet vient très aimablement me chercher à l'aéroport de Yoff. Il conduit lui-même sa Peugeot, assez mal. « Ne vous attendez pas à trouver le Sénégal de Senghor, me dit-il. Le rêve français, vous savez... (embardée). Senghor disait que ce qu'il fallait pour l'Afrique, c'était des agrégés de lettres... (coup de klaxon furieux d'un camion que nous évitons de justesse). Abdou Diouf, ce serait plutôt Banque mondiale (appel de phares) et FMI. » Le soir, après un dîner à la résidence, je m'éclipse seul dans les interminables quartiers de la banlieue nord. Un taxi orange me dépose devant un cinéma en plein air.

C'est agréable, un cinéma en plein air. La chaleur a un peu reflué. Il fait tiède, ça sent bon. Le vent est chaud et noir, avec ces odeurs de brûlé et de terre mouillée qui sont celles de l'Afrique au sud du Sahara. Il y a des enfants accroupis. Le cinéma projette *Le Choix de Sophie*, version française. Vers le milieu, la bande casse. Une tache marron apparaît sur l'écran, un bruit sec retentit, les lumières s'allument, et allez ! c'est fini, rentrez chez vous. Ce film, qui est l'histoire d'une rupture, se coupe en plein milieu comme le monde au moment où François Ier montait sur sa terrasse, tandis que tel navigateur cinglait vers le couchant pour des expéditions nouvelles.

Le XVIe siècle est-il un siècle pour rien en France ? Et le XXe ? Comment s'y prend un pays pour, en cent ans, passer du messianisme au nombrilisme, de l'universalité à la défense de l'exception, de Jacques Cartier à la poule au pot ? La France protectionniste de Méline pensait l'universel, et la France libre-échangiste de Jospin parle dans sa barbe. Le précédent des derniers Valois ne donne pas de clef pour comprendre cette curiosité, mais il vient l'habiter de sa propre insouciance. L'heur d'être né dans un grand pays deux fois millénaire, c'est que son histoire peut offrir assez d'exemples de souffrances, de trahisons et de résurrections pour autoriser l'espérance. La leçon de la Renaissance saisie sur cette invraisemblable terrasse, c'est qu'ici tout ce qui s'exténue devient promesse.

La terrasse de Chambord est un mirador suspendu à vingt et un mètres du sol. Le principal souci, depuis le début, fut de sauver des eaux cette construction faite pour épater les visiteurs de passage plutôt que pour mettre une maisonnée à l'abri. La partie plane est constituée d'un pavement posé au-dessus d'une toiture dissimulée à faible pente, couverte en tuiles canal, chargée d'évacuer la pluie vers des gargouilles périphériques. C'est une conception possible pour qui construit en marbre et en Italie, mais désastreuse pour qui bâtit en tuf et en Sologne. La pente est trop faible, la pierre trop tendre, le climat trop humide, de l'eau stagne et s'infiltre vers les voûtes à caissons du deuxième étage. Les dalles des terrasses sont soutenues par des murets poreux. En hiver, le gel casse la pierre.

Dans les années cinquante, un architecte des Monuments historiques, las de constater que les réparations d'étanchéité ne tenaient à chaque fois que quelques dizaines d'années, a décidé de goudronner la terrasse. L'eau qui passait (en Sologne l'eau finit toujours par passer) resta prisonnière pour de bon. Il fallut, dans la tradition, « reprendre tout ». C'est ce qu'essaie le nouvel architecte. Il enlève le goudron, il remet les pierres après avoir installé un dispositif d'étanchéité en dessous. Dans cent ans, on saura s'il avait raison.

7

La saison du débraillé. Le sourire de Mitsuhirato. Radiers sur pilotis.

Début août. Je ne pensais pas que l'été fût à ce point la saison de la poussière et du débraillé. L'allée de sable qui relie le parking à la porte Dauphine émet une réverbération cruelle. Les touristes sortent des autobus, en uniforme : jeans, baskets, chemises claires qui battent au vent. Ils sont en nage quand ils pénètrent dans le donjon.

Hier, il y en a eu cinq mille deux cent vingt-sept pour une recette de vingt-deux mille euros et des poussières. Dix mille quatre cent cinquante-quatre semelles ont usé les marches du grand escalier. Autant de mains ont frotté sur les rampes, sur les balustres. Cinq mille deux cent vingt-sept bouches ont émis du gaz carbonique. Une bonne journée. Chaque guide s'est fait sa géographie personnelle : les Italiens, plus avertis de ce qu'ils voient ; les Russes, plus sonores et plus sensibles aux tarifs ; les Chinois, qui parlent un ton en dessous des Coréens.

Pour aller de mon logement dans l'aile des Princes à mon bureau dans la maison forestière en face, j'ai traversé tout à l'heure une foule digne des Champs-Élysées. Des Japonais m'ont demandé de les prendre en photo, avec le donjon en toile de fond. *Domo aligato.*

Je les ai cadrés un peu trop longtemps, pour voir leur sourire se figer. Petit plaisir. L'espace de quelques secondes, j'ai pensé à ces deux ou trois personnes inconnues qui me fixaient, au garde-à-vous, les yeux mi-clos, montrant les dents comme Mitsuhirato dans *Le Lotus bleu* ; j'ai imaginé leur vie à Tokyo ou Osaka, leur appartement trop petit, leur voiture trop grosse avec de la dentelle sur les sièges, leur soirée autour d'un Patchinko, les ennuis digestifs, la grippe à rechute de l'économie nipponne, la Chine inquiétante, je ne sais quoi. Des sourires, des viscères, des âmes : l'humanité.

Au revoir, messieurs les Nippons. Nous ne nous reverrons plus jamais. Nous continuerons chacun notre chemin qui coïncida dans un moment minuscule du temps, dans un espace minuscule du cosmos. Et dire que c'est pour ça que le Christ est venu sur la terre ! C'est pour ça qu'on a bâti des villes, pour ça qu'on a brûlé des innocents, pour ça que Dante a écrit sur l'enfer, que César et Napoléon ont fait la guerre toute leur vie, qu'Antigone s'est sacrifiée, qu'Armstrong a marché sur la Lune, qu'on est mort de mort violente ou de chagrin, qu'on s'est battu, que François Ier a construit ce château qu'on s'obstine à maintenir debout. Bigre !

Le paradoxe de Chambord est celui d'un château élancé vers le ciel, mais à partir d'un trou. Le site choisi par François Ier pour bâtir Chambord était un marécage borné d'un côté par le tertre d'une forteresse médiévale et de l'autre par le cours hésitant d'une rivière envahie de roseaux, qui débordait tous les hivers.

Les premières années du chantier lancé le 6 septembre 1519 consistèrent exclusivement à disposer des fondations dans la boue. On creuse. On enfonce tout droit des pilotis faits de troncs de chêne. On empile par-dessus des remblais en pierre, en mortier, en cailloux. Par-dessus, on édifie des murs de fondation, hauts de quatre mètres cinquante, épais de cinq mètres, rattrapant le niveau du rez-de-chaussée pour supporter enfin les murs apparents. Travail énorme et secret. L'opération, dont le résultat est complètement invisible de l'extérieur, mobilisa plusieurs centaines d'ouvriers, dura trois ans et coûta trois cent mille francs.

Il aurait été plus facile de bâtir sur le roc, et plus rapide, et plus sage. « Le sage bâtit sa maison sur le roc », dit l'Écriture que le roi n'ignorait pas. Mais le roi a choisi d'être fou. Il veut bâtir le plus grand château du monde sur le sable. Ce système de fondation en « radier sur pilotis » fit un sujet pour les dépêches. Il faut croire qu'on en parlait aux visiteurs. L'ambassadeur Sozano explique ainsi, en 1550, que « les fondations sont faites comme aux maisons de Venise, posées sur des pals, et les pierres ajoutées ensuite ». C'était aussi la technique utilisée pour la cathédrale de Strasbourg. En tout cas, pour un château à la campagne, le choix du lieu paraît un défi au bon sens.

8

Un anti-Versailles. Qu'est-ce qu'un écrivain ? Tous ces livres que je voudrais renier. La race des dévoreurs de papier. Proust et le traitement de texte.

Chambord est un anti-Versailles. Versailles s'intègre dans le paysage, Chambord ignore le paysage, ou plutôt le combat. Versailles a changé la vie de Louis XIV, mais pas Chambord celle de François Ier. Dès que le chantier de Versailles a commencé à prendre de l'ampleur, le Roi-Soleil ne s'est plus occupé que de lui. Quand à Chambord les choses furent en bonne voie, François Ier ne vint plus guère les surveiller. Le siècle de Louis XIV, c'est la vie inventée pour aller avec l'architecture de Jules Hardouin-Mansart. Aucune vie n'a été inventée pour aller avec l'architecture de Léonard de Vinci et de Cortone.

François Ier n'a fait volontiers à Chambord que des passages éclairs avec sa « petite bande ». Il s'est intéressé aux travaux, mais jamais au point de modifier ses habitudes. Il a contemplé son château de l'extérieur, le temps d'un retour de chasse, mais il n'y a dormi, d'après les comptes des historiens, qu'une cinquantaine de nuits réparties sur quatorze ans.

Nous devons avouer l'inavouable : il ne s'y plaisait pas. Il aimait son Chambord de loin, sur plan, dans ses rêves et dans ses exils. Mais dès qu'il arrivait au bord du Cosson, il n'avait plus qu'une envie : repartir. Il avait besoin de garder à son rêve un statut de rêve.

Chambord était une démonstration, pas un investissement. François Ier n'était pas programmé pour vieillir, et Chambord non plus. Après son séjour à Madrid, le roi chevalier prenait du poids, tournait à l'esthète vieillissant. Il avait l'obsession du beau, mais toujours pas le sens de la durée : tandis qu'à Versailles Louis XIV a pris soin de conserver le manoir de Louis XIII, le premier ordre donné par François pour Chambord avait été de raser la forteresse médiévale qui bordait le marécage pour construire autre chose à la place. Empilement d'un côté, table rase de l'autre.

Versailles est une résidence d'homme mûr, Chambord une folie d'adolescent. Versailles trône sur un promontoire, Chambord se vautre dans un vallon. Il n'empêche, si l'un seul des deux édifices est bien un château, c'est Chambord et non pas Versailles, cette caserne interminable, ce gratte-ciel horizontal. Car si Chambord part de la fange, c'est pour conquérir les cieux.

Versailles n'est qu'une immense maison de campagne. Chambord est tout sauf une maison. Chambord est un château absolu. Il lui fallait un concepteur pressé. François Ier traversa le chantier comme un météore, le temps de donner quelques contrordres. Il est mort à cinquante-trois ans. Il n'aurait pas su vieillir. Il aurait fait un vieillard odieux. Il aimait trop l'effort physique, il était trop incapable de demeurer seul dans une chambre, trop inapte au rôle de faiseur de phrases, de donneur de leçons. Les seuls mots fameux restés de lui sont des propos d'entraîneur de rugby (« Tout est perdu fors l'honneur ») ou des platitudes de coureur de jupons (« Souvent femme varie... »). François était un lettré, il n'était pas un littéraire.

D'ailleurs qu'est-ce qu'un littéraire ? Et qu'est-ce qu'un écrivain ? Le suis-je, musardant comme je le fais depuis quelques pages, au fil des associations d'idées, dans mon bureau à trophées ? Car il y a deux manières de noircir du papier, comme de naviguer : à la rame, on rédige ; à la voile, on écrit. La rame n'est pas mon fort. Je n'ai jamais de quoi noter. Je perds tous mes stylos. Pis : je viens d'oublier dans le train entre Mer-sur-Loire et Paris-Austerlitz un manuscrit de roman presque achevé (j'exagère : un manuscrit bien commencé. Mais je sais que je ne le recommencerai pas : un roman perdu est perdu pour toujours, je l'ai vérifié déjà). Et quand par bonheur je remplis des pages au calme, à heure fixe dans le salon de l'aile des Princes, le robinet à Bach entrouvert près de moi, comme on ferait son métier d'artisan, comme on ferait de la reliure ou de la lutherie, c'est alors que je suis le moins écrivain : je me fais rameur et la machine se grippe.

Je voudrais tout jeter. Je suis incapable de rien jeter. Je finis toujours par rapetasser mes brouillons (à condition bien sûr de ne pas les oublier dans le train), ce qui est une autre manière de prendre mes distances. Pourtant je suis écrivain. Il faut me croire sur parole. Je suis écrivain malgré ce que j'écris et qui témoigne contre moi. Tous ces livres que je voudrais renier et qui contribuent à l'idée que les autres se font de moi… Être écrivain, ce n'est pas fournir les imprimeries : c'est rechigner au malentendu par quoi s'achève le projet de confier son âme à du papier, aux critiques d'incompréhension et, pis, aux critiques de compliments ; c'est s'exposer à vendre ce qui ne doit pas être vendu.

Enfant, je n'ai pas été de la race des dévoreurs de papier, de ces jeunes monstres enfermés dans la pénombre de leur chambre en plein été, à plat ventre sur leur lit, la tête dans les mains, un Balzac sous les yeux qui, en mûrissant, forment une redoutable race de gens de lettres, de ces gâcheurs d'encre dont le monde intérieur est unique mais ressemble un peu trop systématiquement au *Lagarde et Michard*, et toute leur vie circulent de pièce en pièce dans une demeure enchantée où s'interpellent des personnages gradés nommés général Dourakine, colonel Chabert, capitaine Nemo.

Mes officiers à moi s'appelaient lieutenant Blueberry ou capitaine Archibald Haddock. Au début j'ignorais le prénom d'Haddock, qui n'apparaît que dans les *Picaros*. De toute façon je préférais être dehors. Je n'en tire nulle gloire. J'étouffais.

Les jeunes monstres d'aujourd'hui passent les après-midi d'été courbés sur un écran. Le support change, la poésie reste. Du temps de Virgile exista, j'imagine, l'émotion de la plaque de cire qui collait aux doigts, du temps de Voltaire celle de la plume d'oie grattant le papier chiffon et maintenant celle de l'ordinateur qui, se mettant en route, couine.

J'aime bien la poésie de l'imprimante qui pousse son petit cri au démarrage, et la sensualité de la souris blottie dans la paume. Je me méfie des idolâtres du support. À les croire, le plaisir charnel qu'on éprouve à palper un livre en papier, à le renifler, interdirait toute littérature qui ne serait pas brochée. Ils refusent d'abandonner l'ancienne liturgie et font dépendre des émotions sensuelles leur foi dans les lettres. Mais la littérature vaut mieux que du papier et de la colle, mieux qu'un écran, aussi. Stendhal déjà

— mais peut-être était-ce Flaubert ? — avait refusé de passer à la plume Sergent-Major, cette machine à faire de la « littérature industrielle ».

Il n'est pas tout à fait vrai qu'on écrit autrement avec un ordinateur : tout au plus écrit-on davantage, moins soumis que l'on est à la fatigue physique entraînée par la calligraphie, et moins exposé à la tentation de faire coïncider la fin des paragraphes avec le bas des feuilles (sans ordinateur, mon chapitre serait déjà terminé).

Je n'ose imaginer ce qu'aurait accompli Proust avec un traitement de texte. Malgré ses paperoles, il n'a publié que des premiers jets. Sur ordinateur il aurait écrit une *Recherche* autrement achevée, si l'idée est concevable. De même, la meilleure manière d'être fidèle à l'œuvre pour clavier de Bach est de la jouer au piano, tant il est évident que si le maître avait connu les Steinway et les Fazioli, il aurait mis au grenier ses clavecins et fourgué à ses gendres ses épinettes. Et pourtant, avec un piano, il n'aurait pas composé la même chose. La musique de Bach est une musique en train de réfléchir, celle de Mozart une musique en train de s'émouvoir, mais il existe une poésie propre à la réflexion. De quoi procède cette poésie de l'intelligence ?

Si un poème existe, c'est qu'existent l'incarnation, le papier qui crisse, l'ordinateur qui couine. En été plus qu'en hiver, l'esprit dépend des sens. Ce qui m'a ému le plus dans cette ballade de Chopin entendue dans la chapelle royale, c'est l'odeur de palissandre du piano et le tailleur en lin de la pianiste. Le plaisir musical est un plaisir de réminiscence ou de stupeur : tout homme porte en lui un côté rengaine de Trenet et un côté petite phrase de Vinteuil. Il n'y a pas non plus une poésie de la ruralité et une poésie du béton : il y a une poésie de l'enfance.

Sans exil, pas de poésie. Je suis un exilé d'une enfance à la campagne comme d'autres d'une enfance en centre-ville, ou en banlieue, ou à la mer. J'aime toutes les saisons, mais à l'instant où elles semblent hésiter à se jeter à l'eau : la première tiédeur de février, les hautes herbes titubantes d'avoir trop bu avant les grandes vacances, le premier brouillard de septembre déchiré par un premier coup de fusil. Et d'ailleurs j'aime aussi les saisons à leur extrême : l'hiver glacial et l'été écrasant dont on se protège dans une maison obscure aux volets repliés.

9

Pas de poésie sans exil.
Les Français ont payé Chambord trois fois.
Une Villa Médicis à la campagne.

Sans exil, disais-je, pas de poésie. Mais en exil, pas de bibliothèque. Je vis exilé à Chambord parce que mes livres n'y sont pas : je les ai laissés chez moi, dans le Lauragais. Impossible de chercher cette phrase de Proust où il dit, peut-être à propos de l'église de Combray, qu'habiter au pied d'un monument historique n'a jamais rendu un homme plus heureux. D'ailleurs le dit-il ? En tout cas, c'est une chimère de croire que le bonheur peut tenir à la géographie.

Et si c'était vrai, si l'accomplissement d'un homme pouvait dépendre du point où il se trouve dans l'espace, alors la seule sagesse serait de se tenir tranquille sur son sol natal. Lucrèce l'a dit, et Horace, et La Fontaine. Pour échapper à notre condition d'exilé, deux solutions : rester chez soi ou ne jamais s'arrêter de bouger. Dans un déménagement, la seule chose qui a un sens, c'est le trajet.

Chambord a toujours été un château d'exilés : François, le nomade ; Louis, l'infidèle ; Stanislas, le déraciné ; Saxe, l'instable ; Berthier, l'absent ; Henri V, l'abandonné. Voilà le club ! Il fut aussi le château des rendez-vous manqués : Henri IV, en 1610, songea à s'y rendre et fut assassiné ; à l'automne 1750, Louis XV promit à Saxe de venir enfin lui rendre visite au printemps suivant et Saxe mourut au seuil de l'hiver ; Louis XVI et Marie-Antoinette avaient fait le projet de venir à Chambord vers 1789, et des événements fameux survinrent... Et donc le château de Chambord, comme il se doit pour un lieu d'exil ou de fiasco, aura été le plus souvent à l'abandon, vide de meubles et d'habitants, sans doute, mais plus encore vide de sens.

Le château de Chambord aura passé son temps à servir de cadeau : Louis XIII l'offre à Gaston d'Orléans qui n'en peut mais, Louis XV l'offre à Stanislas qui finit par s'en aller, puis au maréchal de Saxe qui y meurt avant d'avoir reçu sa visite, la Convention ne sait pas à qui le fourguer, le Directoire l'offre à Bonaparte, qui refuse, Napoléon l'offre au maréchal Berthier, qui accepte mais n'y vient pas, les légitimistes l'offrent au duc de Bordeaux, qui n'accepte ni ne refuse car il est un bébé, la troisième République l'offre aux touristes, variété la plus nombreuse, la plus déracinée, la plus ingrate de tous les exilés.

Au passage, les Français ont payé le château trois fois : une première fois avec l'impôt dû aux Valois pour le construire (à peu près six cent mille livres en vingt ans, croit-on savoir), une deuxième avec la souscription de Calonne pour l'offrir au duc de Bordeaux (un million sept cent quarante-neuf mille francs), une troisième fois avec l'impôt de la République, pour le préempter, au prix de onze millions de francs-or, à l'Office des biens et intérêts privés qui gérait les saisies, à quoi s'ajouta un million cent dix-huit mille francs pour rembourser au Crédit foncier l'hypothèque grevant la propriété, car le domaine avait en 1915 été mis sous séquestre du fait qu'il appartenait à Élie de Bourbon-Parme, officier dans l'armée autrichienne. Les visiteurs d'aujourd'hui le paient encore une quatrième fois : sept euros, pour une visite simple plein tarif.

Sous la Révolution, le domaine ressemble à une patate chaude. Le devis de démolition étant trop élevé, on met l'édifice en vente : il ne trouve pas d'acquéreur. On suggère tour à tour d'en faire un hôpital, une prison, une école, une caserne, un haras, un musée, et personne ne prend seulement la peine de critiquer ces idées, car personne ne se bat pour les faire aboutir ; on manque, après la paix d'Amiens, de le vendre à la Société des quakers qui l'aurait transformé en phalanstère pour enfants ; Bonaparte y installe le siège de la 15e cohorte de la Légion d'honneur qui n'y vient qu'en mission d'expertise, puis celui de la pension de jeunes filles de la Légion d'honneur qui préfère finalement s'installer à Écouen. La maréchale Berthier en hérite : elle passe la fin de sa vie à chercher à s'en débarrasser.

Elle finit par y parvenir : sous la Restauration le domaine est racheté à la veuve Berthier par des souscripteurs et offert au duc de Bordeaux, ce qui n'empêche pas, en 1832, un agronome d'Orléans, M. Verdier, de proposer dans un rapport de faire du domaine une ferme modèle, dans l'esprit des projets du *Médecin de campagne* de Balzac. Poussant sa logique, Verdier indique : « On pourrait y joindre aussi une école d'horticulture, et, dans ce cas, les quatre grandes salles du donjon, au rez-de-chaussée, pourraient être facilement disposées en serres chaudes et tempérées. » Polignac, sous Louis XVI, avait sérieusement envisagé d'installer des stalles pour des chevaux dans ces mêmes quatre grandes salles du donjon, au rez-de-chaussée. Il est passé à l'acte, dans une des salles au moins. Les fers des chevaux ont cassé les tomettes du sol.

Ce château conçu pour se justifier par lui-même, pour être l'acte gratuit par excellence, n'a cessé de poser la question de sa fonction. En 1920, on envisage d'aménager autour du parc un circuit de course automobile. En 1990, de bâtir à l'entrée du domaine un « Chamborland », manière de parc d'attractions à la gloire de Léonard de Vinci et des barbes à papa. Je crois malin, en arrivant, de lancer l'idée d'en faire une « Villa Médicis à la campagne ».

10

L'anthologie des renoncements.
Sainte-Hélène sans la mer. Glose de notaire.

La transmission du domaine à l'État est une histoire bizarre. Le comte de Chambord, Henri V, propriétaire du domaine de Chambord, dernier prétendant légitime au trône de France, lui-même « enfant du miracle », puisqu'il était né huit mois après l'assassinat de son père le duc de Berry, meurt en exil sans enfant. Depuis Frohsdorf, où il a constitué une cour d'opérette plus proche du salon de Mme Verdurin que des exils ascétiques de ses ancêtres capétiens, il fait administrer Chambord par des régisseurs, et il ne vient jamais. Il a quitté la France pour toujours en 1873, après avoir renoncé au trône pour avoir trop aimé le drapeau blanc de son ancêtre Henri IV.

Il prit congé de la politique par un texte léché, daté de Chambord, toujours mentionné et jamais reproduit :

> « Français... Le seul sacrifice que je ne puisse faire, c'est celui de mon honneur. Je suis et veux être de mon temps, je rends un sincère

hommage à toutes ses grandeurs, et quelle que fût la couleur du drapeau sous lequel marchaient nos soldats, j'ai admiré leur héroïsme et rendu grâce à Dieu de tout ce que leur bravoure ajoutait au trésor des gloires de la France.

» Entre vous et moi, il ne doit subsister ni malentendu ni arrière-pensée. Non, je ne laisserai pas, parce que l'ignorance ou la crédulité auront parlé de privilèges, d'absolutisme ou d'intolérance, que sais-je encore ? de dîme, de droits féodaux, fantômes que la plus audacieuse mauvaise foi essaie de ressusciter à vos yeux, je ne laisserai pas arracher de mes mains l'étendard d'Henry IV, de François Ier, de Jeanne d'Arc. C'est avec lui que la France s'est faite nationale, c'est avec lui que vos pères conduits par les miens ont conquis cette Alsace et cette Lorraine dont la fidélité sera la consolation de nos malheurs… Je le confierai sans crainte à la vaillance de notre armée ; il n'a jamais suivi, elle le sait, que le chemin de l'honneur. Je l'ai reçu comme dépôt sacré du vieux roi, mon aïeul mourant en exil, il a toujours été pour moi inséparable du souvenir de ma patrie absente ; il a flotté sur mon berceau, je veux qu'il ombrage ma tombe… Henry V ne peut abandonner le drapeau blanc d'Henry IV. »

J'ignore s'il existe une anthologie des renoncements politiques, l'abdication de Thémistocle, le congé de Cincinnatus, la retraite de Charles Quint, les adieux de Fontainebleau, la démission du général de Gaulle en 1969, l'exil de tel souverain : on y trouverait les seules vraies déclarations d'amour des politiques à leur pays. « Je quitte mes fonctions de président de la République. Ma décision prend effet aujourd'hui à midi. » Point final. Dans une rupture, le moins bavard, c'est toujours le plus amoureux.

Le texte sucré du comte de Chambord, le député du Tarn, Bernard Carayon, me certifie que c'est son aïeul Carayon Latour qui l'a rédigé. Henri V ne l'a pas écrit lui-même, et cela en dit long. C'est une narration, pas un cri du cœur.

On trouve encore au château le carrosse qui aurait servi à l'entrée d'Henri V dans Paris si les choses avaient pris un tour différent, si une voix avait manqué au vote de l'amendement Wallon. Le comte de Chambord est le dernier grand homme sur lequel les habitants du village colportent des anecdotes secrètes. Car Henri V est, dit-on ici, revenu à Chambord en catimini. M. Fortin, un vieux fermier du domaine, m'explique que son arrière-grand-mère participa à l'accueil improvisé du prétendant, venu incognito à Chambord vers la fin des années 1870. Le comte avait pris un fiacre à la gare de Blois, à sa descente du train. Il portait une canne et un chapeau. On lui offrit des roses et des poulets. Il y aurait même des photos. Pour l'histoire, le comte de Chambord ne quitta pas le château de Frohsdorf en Autriche, où il attendait l'heure de son destin en jouant au jacquet, ou plutôt au trictrac, qui est un jacquet paléolithique.

À un dîner à la préfecture de Blois, ma voisine — une vieille dame comme il faut — me raconte que son aïeule était à Frohsdorf avec le prétendant. C'était l'endroit le plus ennuyeux du monde. La messe quotidienne était à sept heures et demie du matin et, après, plus rien. Des jeux de société. De la pluie derrière les vitres. Sainte-Hélène, mais sans Napoléon pour dicter, sans Las Cases pour prendre note, sans l'océan au bout du jardin pour donner une image du monde et de sa clapotante vanité.

Lorsque le comte de Chambord meurt, le domaine passe à ses neveux. En 1914, l'un d'eux, Élie de Bourbon-Parme, est devenu officier autrichien. La Grande Guerre éclate. Un décret du 27 octobre 1914 autorise la mise sous séquestre des biens appartenant aux ressortissants des nations ennemies de la France. Le 22 avril 1915, le domaine de Chambord est saisi par ordonnance du tribunal de grande instance de Blois. Après la guerre et d'interminables procès, l'État se trouve presque malgré lui propriétaire de l'unique domaine royal de France qui n'ait pas été dépecé après la Révolution.

Le procès-verbal de prise de possession a quelque chose de surréaliste :

> « Le 11 avril 1930, M. Auroux, liquidateur, déclare faire remise à M. Despoix, directeur des Domaines à Blois, qui en prend possession, de l'ensemble du domaine de Chambord qui comprend : 1° Le domaine de Chambord proprement dit formant à lui seul la commune de ce nom, composé : *a*) du château avec dépendances ; *b*) du village qui y est contigu ; *c*) du parc qui entoure lesdits château et village consistant en terres labourables, prés, jardins, étangs et cours d'eau, routes, chemins et bois, le tout entièrement clos de murs d'une contenance totale de cinq mille quatre cent sept hectares quarante et un ares soixante-trois centiares. 2° L'étang de Monpercher. »

Le rêve de François Ier s'achève en glose de notaire...

11

Le roi a un problème avec l'eau. Des peintures irrécupérables. Un retard administratif.

La pluie qui tombe sur la Sologne depuis des jours et dissimule l'horizon comme un dernier rideau à déchirer avant d'atteindre à la lumière, l'idée me poursuit qu'elle annonce d'autres déluges. Chambord n'est pas un château construit au bord de l'eau, mais un plaidoyer proclamé dans une queue d'étang. Une voix qui crie dans le marais.

L'automne se profile avant l'heure. Le sol est trempé, les plafonds suintent, la mousse gagne. Il n'y a pas en Sologne cette séparation brutale entre le ciel, la terre et l'eau qui signe les paysages italiens. L'eau du ciel, l'eau du sol, l'humidité des murs se confondent.

François Ier avait voulu des douves autour de son château. C'est pour cela qu'il l'avait édifié dans la vase, où vit la salamandre. Il imaginait des jeux d'eau de toutes parts. En 1535, il fait venir un architecte italien, Caccia di Novare, pour lui demander d'étudier le projet de détourner l'eau de la Loire, distante de deux lieues, jusqu'au pied de l'édifice. C'est sa dernière folie, inaboutie.

Le roi a un problème avec l'eau, que peut-être un psychanalyste rapprocherait de sa relation avec Louise de Savoie, sa mère. Cet amoureux d'Italie adorait patauger. Il enfonce son château fétiche dans l'humidité de la Sologne. Plus grave, l'idée saugrenue le prend, lorsqu'il commence à rassembler une collection de tableaux italiens, celle-là même qui deviendra le socle sur lequel se bâtira le musée du Louvre, d'exposer les plus belles œuvres dans l'« appartement des bains » de Fontainebleau.

L'appartement des bains ! François Ier fut un curieux esthète, capable d'exposer ses chefs-d'œuvre dans une piscine couverte. Il pensait sans doute retrouver la tradition antique consistant à orner les thermes des mosaïques les plus belles afin d'accommoder la sensualité et l'émotion esthétique ; mais là, c'étaient des peintures sur toile qu'il montrait. Dans un rapport à Henry VIII daté de novembre 1540, Wallop, ambassadeur d'Angleterre, raconte : « Le roi m'emmena dans les bains, qui étaient brûlants et fumaient tellement qu'on aurait dit qu'il y avait de la brume et que le roi fut obligé de passer devant moi pour me guider. »

Voici le roi de France en peignoir, gonflant les pectoraux devant un diplomate. Derrière le brouillard de l'étuve, sur des lambris de bois et des stucs, des toiles de Léonard, de Raphaël, d'Andrea del Sarto, lentement, moisissent. La pourriture attaque les toiles par-derrière. Invisible comme les termites, elle se manifeste quand le mal est définitif. Quand Henri IV décide de déménager la collection vers le cabinet des peintures, en 1594, plusieurs œuvres sont irrécupérables. D'ailleurs la bibliothèque aussi était à proximité des bains, à Fontainebleau. Il faut imaginer le roi François lisant dans sa baignoire comme un Californien dans son jacuzzi, sauf que ce n'étaient pas des magazines qu'il tenait entre les mains, mais des incunables. François, roi de l'immédiateté.

Après François, changement de politique : on cherche à tout prix à mettre l'eau à distance des murs de Chambord. L'humidité donnait des fièvres malignes. Gaston d'Orléans colmate des fuites, Louis XIV fait des drainages, Stanislas comble les douves, le maréchal de Saxe emploie des prisonniers anglais à canaliser le Cosson au bout d'un parterre remblayé. On finit par vaincre les moustiques à l'usure.

Sous les régisseurs des Bourbon-Parme, Chambord se met à ressembler à une grosse ferme. Des vaches broutent sur les anciens parterres. Des gravures romantiques montrent des fermières à croupe callipyge assises sous des arbres avec, derrière elles, la silhouette grandiose et familière du château et, entre les deux, un troupeau de normandes.

Au xxe siècle, nouveau changement : sous Pompidou, on remet de l'eau dans les douves. Puis nouvelle inflexion : on achève sous Giscard d'Estaing l'aménagement d'un plan d'eau à distance, alimenté par le Cosson en amont du château, dont le tracé était celui d'un projet inaccompli du maréchal de Saxe. Il est amusant qu'un programme paysager conçu en 1749 ait abouti en 1974, année anagramme. Appelons cela : retard administratif.

Cependant, l'eau est toujours là. Un concessionnaire, M. Criquet, paie une redevance pour exploiter dans les douves des barques qu'il loue aux touristes. Il a mis au point une chaloupe électrique qui fonctionne avec un moteur d'élévateur. Il lui a fallu six mois de démarches pour en faire autoriser la navigation (retard administratif) et, comme il peut transporter plus de huit passagers, il a dû passer un brevet de pilote de bateau. En me parlant, il fronce le sourcil, comme un loup de mer.

12

Madame Élisabeth. Circuits technocratiques.
Un virus.

Six heures et demie. Le château est fermé, les visiteurs sont partis. Je déambule en faisant tinter mon trousseau, comme un gardien de jardin public. J'ouvre une porte dérobée à gauche de l'autel de la chapelle royale, au premier étage de l'aile occidentale.

J'entre dans un débarras où sont enchevêtrés l'ancien maître-autel du XVIIIe siècle démonté sous Charles X, une antique chaire, des chaises cassées, un devant de cheminée, et, contre le mur du fond, une statue en pied, grandeur nature, qui est celle de Madame Élisabeth, sœur de Louis XVI, le regard perdu, la main droite repliée sur la poitrine, la main gauche tenant un mouchoir.

L'esprit de ces lieux est émouvant comme celui de toutes les sacristies, à cause du côté coulisses de l'endroit, à cause de l'idée que le temps enfermé dans une annexe poussiéreuse n'a pas pu s'écouler aussi vite que dans une nef vaste et claire rincée à grande eau plusieurs fois par génération.

La statue a été offerte par le sculpteur Masson au comte de Chambord. Elle a passé quelques décennies dans les appartements du prétendant au trône, au premier étage, avant de se trouver en pénitence dans cette sacristie abandonnée. Elle porte l'inscription : « *La reine, c'est moi. Madame Élisabeth, 20 juin 1792.* » La reine, c'est moi ! est la phrase qu'Élisabeth avait lancée aux gardes venus arrêter Marie-Antoinette aux Tuileries, pour se livrer à sa place. Geste héroïque d'une femme décidée à se sacrifier à la place de sa belle-sœur ? C'est l'interprétation officielle. Protestation d'une sœur qui veut qu'on sache que son frère lui reste, même volé par une étrangère ? C'est la question que je me pose. Il y a dans nos gestes les plus purs tant de choses mélangées.

Une des façons de sortir de ce débarras est d'enjamber le socle de la statue et de rejoindre un escalier à vis qui dessert les combles de la tour de la chapelle d'où l'on peut redescendre vers les niveaux inférieurs où étaient jadis des cuisines et, aujourd'hui, l'accès à d'autres cabinets et aux deux groupes électrogènes. Chambord a sa cale, comme un paquebot.

Dans les bons jours, le bâtiment ouvre au public quatre-vingts pièces, sur un total de plus de quatre cents. Il y a partout dans le château des cabinets secrets desservis par des escaliers dérobés, des salles aux murs salis par les graffitis des soldats du régiment Saxe Volontaires, et aussi des appartements immenses et vides où parfois subsistent des lambeaux de papier peint apposé en 1788 par le duc de Polignac pour accueillir Louis XVI, le roi qui n'est jamais venu.

Mais les circuits les plus compliqués à Chambord ne sont pas ceux des escaliers : ce sont ceux de l'administration. Il n'y a pas ici de directeur général au sens classique, mais un commissaire chargé d'influence, une espèce de gouverneur régnant dans les limites de ses intuitions, sans budget propre. Voilà une situation curieuse, que je découvre à mon arrivée. On m'a donné un titre et pas d'outil juridique ni de budget. À chacun des cent dix salariés du domaine correspond, ou presque, un statut particulier organisé depuis Paris ; à chaque facture, ou presque, un comptable différent. Le commissaire à l'aménagement, assisté de deux adjoints, l'un pour administrer le château, l'autre pour gérer la forêt, n'est pas à la tête d'une entreprise, mais aux commandes d'un attelage : six ministères et trois établissements nationaux à coordonner, avec chacun sa logique, et qui ne demandent qu'à ce qu'on les laisse tranquilles. Le commissaire n'a pour lui que sa bonne mine. Il règle son affaire comme il peut. Il a intérêt à passer de son temps à Paris, car il doit tout quémander. Sur place il coordonne, il fanfaronne, il fait comme si : côté théâtre de Chambord. Je vais devoir jouer à l'illusionniste.

Le lendemain de mon installation, j'avais réuni les deux responsables de la forêt et du château. Difficile d'imaginer profils plus différents. Pour les bois et les chasses, Francis Forget, un ingénieur des Eaux et Forêts passionné de photographie, genre meneur d'hommes, bonne fourchette, soucieux des choses les plus pratiques, exaspéré par les idées abstraites. Pour le château, Isabelle de Gourcuff, catholique vieille France et cosmopolite, éprise de patrimoine, connaissant du monde à Paris, et dotée d'un franc-parler assez rare dans les milieux de l'administration ordinaire, la chose s'expliquant par le fait qu'elle n'est justement pas fonctionnaire.

Ah ! j'étais embêté, à cause de cette manie de la fonction publique de demander à des amateurs de commander à des professionnels : personne ne m'a expliqué avant mon arrivée comment on entretenait un château, encore moins comment on exploitait une forêt. Dans une battue, je me verrais plutôt dans le rôle du sanglier. Dans une exposition, dans celui du critique distancié. Je parle donc avec autorité de la forêt, puis du château.

Comme je préfère avoir l'air idiot une seule fois, je pose des questions de base. Forget commence avec gentillesse et pédagogie : « Le problème numéro un, monsieur le commissaire, c'est l'entretien du mur d'enceinte. » Et Isabelle de Gourcuff : « Le premier souci, c'est le chantier du nouvel accueil du château... Nous avons du retard. » Des travaux, des constructions... Le roi bâtisseur a laissé derrière lui un virus. On rêve, mais avec de la pierre et du mortier. Ce n'est pas la mystique qui se dégrade en politique, mais l'esthétique qui se traite par avenants.

Nous allons tous les trois au centre de la cour, au pied du donjon, près du chantier en panne du nouvel accueil, et tout en marchant dans un gravier épouvantable, j'essaye d'imaginer à haute voix un projet. De la musique, des spectacles conjuguant l'architecture et les masques de la vie, la célébration de la chasse, la réappropriation de la Renaissance par le vieux pays revenu de tout... Une approbation prudente me répond.

Me voilà prévenu : je suis moins attendu sur de la conception que sur de la mise en œuvre. Je mets mes interlocuteurs à contre-emploi : je demande l'avis de Francis Forget sur l'organisation du château et celui d'Isabelle de Gourcuff sur la gestion de la forêt. Ils ont à peu près les mêmes avis, des avis pratiques. Je leur demande comment, en trente ans, aucun commissaire n'a obtenu pour Chambord le statut d'établissement public industriel et commercial qui aurait tellement simplifié les choses. C'est, me dit-on, qu'ils n'avaient pas le temps. La chasse les prenait beaucoup. Et les anciens commissaires, d'ailleurs, que sont-ils devenus ? Disparus, m'apprend-on, sauf un, qui habite justement la maison d'en face et qui fait des ennuis. Je décide d'aller voir les anciens commissaires le plus vite possible, avant d'avoir perdu mes préjugés.

13

Tournée des commissaires. L'art du contre-emploi.
La malédiction de la première battue.
Orsenna rabatteur.

Le titre de « commissaire » est une curiosité. Avant la Révolution, Chambord était administré par des « gouverneurs », dont certains laissèrent un souvenir, comme mon prédécesseur Polignac (« mon prédécesseur Polignac » : cette expression me ravit, je la resservirai), celui qui fit poser des papiers peints pour Louis XVI. Le titre marqua les esprits à tel point qu'un maire d'une commune voisine de Chambord me donna du « Monsieur le gouverneur » au téléphone quand je l'appelai pour faire sa connaissance.

Mais avant les gouverneurs, il y avait eu des commissaires. François Ier, en 1519, avait désigné pour diriger le chantier de Chambord un « commissaire » flanqué d'ailleurs de deux adjoints, avec des compétences qui rappellent ce que plus tard décida le décret de Pompidou. Le premier commissaire nommé en septembre 1519, François de Pontbriand, était une erreur de casting : il avait au moment de sa prise de fonction soixante-huit ans, une brillante carrière derrière lui, accomplie pour l'essentiel sous Louis XI et Louis XII, et plus rien à prouver. Sa principale initiative consista à déléguer sa signature. Il mourut en 1521.

François Ier nomme alors un nouveau commissaire, Nicolas de Foyal. Même profil : septuagénaire, surtout soucieux d'habiter sa terre d'Herbault de l'autre côté de la forêt. Il ne laissa guère de traces dans les archives. Il mourut lui aussi en fonction, si l'on peut dire. Bâtir à cet âge...

C'est une séculaire coquetterie de l'État que de nommer ses serviteurs à contre-emploi : on fait juges d'instruction des femmes trop jeunes, maîtres d'œuvre des hommes trop vieux, l'armée envoie des Bretons chez les chasseurs alpins, le Quai d'Orsay affecte les sinisants au Chili et les hispanisants en Australie. On me nomme à Chambord.

En 1526, François Ier désigne un nouveau commissaire un peu plus jeune, Charles de Chavigny, et un adjoint, nommé Forget (un autre Forget apparaît sur place comme responsable des Eaux et Forêts en 1665, et un troisième au même poste en 1982). Chavigny se met au travail avec ardeur, car le chantier, à l'époque où il est commissaire, bat son plein.

En 1536, un nouveau responsable est nommé : Philibert Babou. Il ne porte plus le titre de « commissaire », mais celui de « gouverneur ». Le terme de « gouverneur » s'impose dès lors. Il est utilisé jusqu'en 1789. Mme Berthier puis les Bourbon-Parme ensuite eurent des « régisseurs », comme dans les maisons bourgeoises. Quelquefois les nostalgiques les appelèrent « gouverneurs », tel M. de Monty, qui se signala avant 1914 par une guerre sans merci avec le maire du lieu. On revint au titre de « commissaire » en 1970, sans s'apercevoir que c'était un retour aux sources.

Le premier commissaire de Chambord nommé par Pompidou, Christian Dablanc, qui fut plus tard préfet de la région Alsace où il tirait le sanglier, est mort depuis des années lorsque j'arrive à Chambord. Je ne retrouve de lui, dans l'armoire de mon bureau, que des notes destinées à l'Élysée, traitant le plus souvent des chasses présidentielles. « *À la différence du sanglier, il convient d'éviter d'organiser des battues de grands cervidés pour privilégier le tir sélectif...* » (note adressée à Georges Pompidou). « *Au sanglier, il convient de noter que la première chasse est toujours la plus mauvaise* » (adressée au même, qui avait dû se plaindre de quelque chose !).

Le deuxième commissaire s'appelle Gérard Belorgey. Je n'ai pas à aller bien loin pour le trouver : c'est lui qui a installé ses petites affaires, sa bibliothèque, sa retraite et ses habitudes dans une ferme en face du château. Cette ferme, que le maréchal Berthier offrit autrefois à sa fille Lina, est l'une des mieux situées de l'endroit. Elle est, à mon arrivée, au centre d'une de ces affaires embrouillées dont Chambord regorge. En quittant ses fonctions de commissaire à l'aménagement de Chambord en 1974 pour celle de préfet de Loir-et-Cher, M. Belorgey avait pris la ferme en location pour son usage privé. Depuis des années, l'État propriétaire tente en vain de mettre fin au bail. Belorgey ne se laisse pas faire. Il a porté l'affaire au tribunal administratif d'Orléans, qu'il abreuve de mémoires interminables et féroces.

L'ancien commissaire me reçoit dans la grande salle de la maison contestée, une antique grange montant jusqu'aux charpentes. Il me parle du château de Chambord d'un ton à la fois passionné et triste ; cependant, comme sa femme m'a servi d'office un trop grand verre de punch (une recette de Guyane, si je me souviens bien, car Belorgey a aussi servi outre-mer : énormément de rhum blanc, beaucoup de sirop de canne, un peu de citron vert), je me sens partir dans les brumes.

Affalé dans un canapé, écroulé, dodelinant, je me préoccupe de savoir comment je vais me remettre debout, tandis que Belorgey m'instruit de toutes les sortes d'intrigues dont il se dit victime. Il avait eu pour le domaine un grand projet. Il avait conçu un nouveau son et lumières, dont le texte, professoral et poignant, dit quelque part du château de Chambord qu'il est « le gisant debout des obsessions humaines » (et alors Belorgey se lève). Belorgey aurait voulu rester plus longtemps à Chambord. Rien ne lui avait manqué pour sa mission, sauf un peu de temps (et je pense à ce mot de Napoléon à Berthier : « Demandez-moi tout ce que vous voulez, sauf du temps ! »).

Le troisième commissaire, Geoffroy de Roquancourt, je découvre dans ma fameuse armoire qu'il a rédigé à son tour, dans les années soixante-dix, une note dans laquelle il approfondissait la thèse de Dablanc sur la première battue au sanglier, censée être « la plus mauvaise » :

> « Les statistiques, écrit-il, me permettent d'assurer que les premières chasses ne sont pas les meilleures. Je pense que les causes principales de cette constatation sont :
>
> » Les animaux peu dérangés auparavant ont tendance à rester en compagnie, ce qui diminue les coups de carabine possibles.
>
> » Les animaux ont tendance à rester dans les parcelles. L'emploi de chiens lents et tenaces est très important. »

Roquancourt suggère que les battues « présidentielles » soient les troisième et quatrième de la saison. Précieuse indication ! Il faudra que moi aussi, j'imagine, j'y aille de ma note sur la première battue et ses déboires. Je demanderai conseil à Forget. Bref, ingénieur forestier reconverti dans la préfectorale,

Roquancourt a eu sa carrière brisée en 1981. Trop proche de Giscard d'Estaing pour qui il organisait des chasses confidentielles, il fut congédié en quelques jours par François de Grossouvre après le fameux « 10 mai ». Il m'accueille dans un bureau sinistre de la préfecture de police de Paris où il traîne son spleen de sous-préfet madérisé dans des fonctions de conseiller technique. Lui aussi se tient à l'écart de Chambord, dont le souvenir lui est trop fort. Il m'approuve quand je lui suggère qu'il serait de bonne gestion de donner à Chambord un statut d'établissement public, mais aussitôt après il me parle de chasse. Il a des choses à raconter. Un après-midi d'hiver, Giscard arrive sans préavis, carabine à lunette dans le coffre, exigeant une confidentialité absolue. Personne ne doit savoir. Le commissaire à l'aménagement est pris de court. Il expédie son adjoint chez le coiffeur, à Bracieux. Il enferme à clef sa secrétaire, qui sort par la fenêtre, en se laissant glisser le long de la gouttière. « Vous n'aurez pas ces soucis. »

Le quatrième commissaire s'appelle Christian Mary. Nous nous retrouvons dans un restaurant du vingtième arrondissement. Mary se présente comme protestant (il dit : « parpaillot »), et la précision s'impose car il n'a pas l'air parpaillot. Lui n'est pas « de la préfectorale » : c'est un forestier, devenu directeur des ressources humaines de l'Office national des forêts. Il m'explique, comme ses prédécesseurs, qu'il ne souhaite pas revenir voir Chambord.

« Souvenir trop fort. » Mais lui me parle du métier avec une nostalgie amusée.

« Tout le monde vous parlera du château, me dit-il. Pourtant le nœud de tout, c'est la forêt. Elle vous donne un pouvoir inouï, à cause de la chasse. Pour approcher un grand cerf avec une chance de le tirer, les invités sont prêts à tout. Vous avez le pouvoir d'une tenancière de boxon : vous tenez les ministres par la bandaison. Dommage qu'il y ait moins de chasseurs en politique. Cela étant, ça peut marcher même avec des non-chasseurs, à cause des relations qui se nouent aux dîners. François Mitterrand, qui n'était pas chasseur mais avait un frère maître d'équipage en Charente, avait su se servir de ce pouvoir-là avec les amis de Gaston Defferre. Grossouvre, c'était pire : il avait privatisé le système. Il faisait de faux tirages au sort pour les postes de battue au sanglier. Le hasard lui affectait toujours le meilleur poste. Il se délectait des intrigues qu'il suscitait autour de lui. Il jouait avec ceux qui voulaient être d'un déplacement à Chambord en leur laissant des messages du genre "Marly, sire". À l'occasion il s'offrait Erik Orsenna comme rabatteur. Orsenna ne savait pas tenir un fusil. On l'envoyait dans les ronces avec un bâton, il adorait ça, il en redemandait. »

14

Mon César. Fornications présumées dans le lit du roi. Le cheval du préfet.

Le cinquième commissaire, mon prédécesseur immédiat, a décommandé notre rendez-vous. Je quitte Paris. Je rentre à Chambord. Je gare ma voiture à couvert, je marche vers le château. C'est le soir, un interminable soir d'après-dîner, en début d'été. Le silence me saisit, habité par le coassement des grenouilles dans les douves.

Le silence de la campagne n'est pas l'absence de bruit : c'est tout le contraire, c'est la localisation du bruit. J'entends un moteur de mobylette sur la route lointaine, des grenouilles, un grillon. Une grenouille se tait ici, une autre se met à chanter là. Les bruits changent de place comme pour m'aider à percevoir la diversité de l'espace. J'avance vers le château, cette grosse pâtisserie des cent cinquante-huit mètres de long désirée par un jeune roi taillé en rugbyman, que sa mère appelait « mon César », après Marignan. Si le château n'avait pas cinq siècles, il y aurait des gens pour le trouver de mauvais goût. Du côté des cheminées, il en fait un peu trop.

Devant le porche royal, l'adjudant-chef Marin m'attend.

« Monsieur le commissaire, je dois vous informer de choses graves qui se passent au château. Certaines nuits, des intrus pénètrent dans les appartements de François Ier pour faire tourner des tables. Ils ont des bougies, ils pratiquent des rites bizarres. Des messes noires.

— Et comment entrent-ils ? demandé-je.

— Ils ont les clefs. Ils savent éviter les alarmes.

— Et comment cela ?

— Ils font partie du personnel.

— Qui est-ce ?

— J'ai des idées, mais pas de preuves », fait l'adjudant-chef.

Je lui suggère que nous essayions, lui et moi, de prendre les intrus sur le fait, me réjouissant par avance d'exercer un métier où l'on a à traiter de tels soucis. L'adjudant-chef me prévient que ce sera difficile :

« Dès qu'ils entendent un bruit, ils disparaissent par un itinéraire dérobé. Le château est un labyrinthe. Ils le connaissent par cœur.

— On essaye quand même ? »

On essaye quand même. Nous attendons que la nuit soit noire. Nous partons à pas de loup, le gendarme devant, moi derrière, tous feux éteints. Nous gravissons l'escalier François Ier dans l'obscurité. L'adjudant-chef s'arrête. Rien. Il repart. Je le suis. Nouvel arrêt. Pose de Sioux. Il me souffle :

« Ce n'est pas la peine de continuer, ils ne sont pas là ce soir. »

Et il ajoute :

« J'ai la conviction que, certaines nuits, il se produit des scènes de fornication dans le lit de François Ier, ce qui pose problème, car ce lit n'a pas de matelas. C'est une réplique, le dessus-de-lit est posé directement sur une planche de contreplaqué. Je ne vous dis pas... »

L'idée m'effleure qu'il se moque de moi.

La nuit est complètement tombée. Nous retournons dans la cour royale. Nous allons nous séparer. L'adjudant-chef me dit encore :

« Je souhaiterais vous mettre au courant de plusieurs autres sujets concernant la sécurité. Puis-je passer demain matin à votre bureau ou préférez-vous attendre quelques jours, le temps de vous installer ?

— Faites plutôt seller deux chevaux. Retrouvons-nous demain matin à sept heures et demie devant l'écurie. Nous parlerons en forêt de la sécurité.

— Bien reçu. »

L'adjudant-chef n'ajoute aucun commentaire. J'ai dû viser juste.

Le lendemain matin, j'arrive à l'écurie à sept heures vingt. Marin est là. Les chevaux sont sellés. On a pansé pour moi l'anglo-arabe. « Je ne vous ai pas fait l'insulte de vous affecter le cheval du préfet », dit-il. Le « cheval du préfet » est une jument de vingt et un ans, inerte comme un cheval-d'arçons. Le domaine l'a naguère prêtée à une préfète de Loir-et-Cher, à un préfet de région, et même à un ministre de l'Agriculture, il y a longtemps, Michel Rocard. Tous ces médiocres cavaliers refusaient d'avouer leur manque d'entraînement, et Marin ne voulait prendre aucun risque. Pour cela il y a toujours eu à Chambord une jument pour occuper la fonction de « cheval du préfet », mentionnée CDP sur le cahier d'ordres. « Nous conservons une ou deux juments d'âge canonique pour le cas où, me confie Marin. Mais vous, vous êtes un cavalier opérationnel.

— Qu'est-ce qui vous fait dire cela ?

— La manière dont vous avez regardé les box l'autre matin. »

Nous trottons en sous-bois, dans une des avenues tracées par le maréchal de Saxe, et je me demande de quelle manière j'ai regardé les box l'autre matin. Puis nous allons au pas, et nous tenons notre réunion de travail. Comme on ne prend pas de notes à cheval, on va d'emblée à l'essentiel.

15

Cabana ministre. Répression des fraudes.
Colique de torsion à la gendarmerie.

Camille Cabana, commissaire à l'aménagement des domaines de Marly et de Rambouillet, me fait savoir par un tiers qu'il serait convenable que le nouveau commissaire à l'aménagement de Chambord lui rende sans tarder une visite de courtoisie. Cabana a été mon patron autrefois. Je sais qu'il ne plaisante pas avec la hiérarchie : ni la hiérarchie officielle des organigrammes et des ministères, ni celle, officieuse, qui pousse des fonctionnaires de destinées différentes à se situer tacitement les uns par rapport aux autres, comme le font si bien les sportifs, les députés ou les écrivains.

Cabana, dans cette hiérarchie non dite, plane très haut au-dessus de moi. Il veut être certain que je n'oublie pas cette différence d'altitude : lors du rendez-vous qu'il m'accorde dans son bureau de l'Institut du monde arabe, qu'il préside par ailleurs, j'arrive juste à l'heure : il me fait cependant attendre vingt minutes dans son antichambre. Au bout de ce délai, il vient me chercher en claironnant, un cigarillo entre ses doigts jaunis : « Je savais que vous étiez arrivé, mais j'avais des choses plus importantes à finir. » Puis il ajoute, mi-ému, mi-amusé : « Nous voici collègues à présent. Commissaires à l'aménagement : nous ne sommes que deux à porter ce titre, c'est drôle. Vous allez chasser le sanglier. Moi, à Rambouillet, c'est plutôt le faisan. Enfin, nous allons avoir des sujets de conversation intéressants. » Il trouve le moyen d'ôter ses chaussures pendant que je lui réponds, et de poser ses pieds, en chaussettes, sur son bureau (mais je sais qu'il s'est un jour massacré un pied avec une tondeuse à gazon et que ce pied le fait souffrir).

À l'époque où Cabana était ministre, j'avais vécu des heures tragi-comiques comme conseiller à son cabinet. J'étais alors jeune marié, ma femme et moi étions réveillés cinq ou six fois par nuit dans notre banlieue par notre premier bébé, le matin je prenais le RER à sept heures et quart, et je rentrais rarement avant dix heures du soir. Le fractionnement de mes nuits, l'arrivée de ce bébé me conduisaient à une distance à l'égard du travail qui, cependant, ne me dispensait pas de stress. Cabana était un gros travailleur qui aimait avoir son monde sous la main. Petit, sec, fier de ses racines catalanes, il était affectif en tout, explosant de colères qui le conduisaient à une manière de déprime, voire à des scènes de remords. Il potassait d'arrache-pied, avec une intelligence perçante, mais sans facilité particulière. Il mâchait les dossiers. Il ahanait. Il recopiait. Il apprenait par cœur. Il gagnait ses arbitrages au mérite. Il inondait ses collaborateurs de billets manuscrits. Il voulait tout savoir, tout comprendre. Mon aisance relative à retenir les chiffres l'agaçait. Ma bonne mémoire lui paraissait frivole, si ce n'est suspecte. Un jour que je lui faisais de vive voix le compte rendu d'une réunion, de manière exacte mais sans le secours d'une note écrite, il explosa : « Vous traitez tout par-dessus la jambe ! »

Il était plutôt du matin, dans un milieu traditionnellement du soir. Cela le portait à des malentendus permanents avec son directeur de cabinet, Pierre Mondésert, qui habitait Chatou et ne rejoignait pas son bureau avant neuf heures et demie du matin (il est vrai qu'il ne le quittait pas avant dix heures du soir). Un jour, Cabana avait griffonné sur son bloc un billet rageur qui commençait ainsi : « Ce matin, j'ai cherché Mondésert à sept heures et demie : personne ! À huit heures : personne ! À huit heures et demie : personne ! À neuf heures : personne ! À neuf heures et demie : personne ! »

Cabana avait une sainte horreur de l'aisance. Il croyait par-dessus tout à la vertu de l'effort, et se désespérait de ressentir de la fatigue en fin de journée. « Le bonhomme ne suit plus », rageait-il. « Vous oubliez un paramètre, Patier : les limites physiques du bonhomme. » Il avait mal aux pieds, mal aux yeux, mal à l'âme. En fait, il était moins irrité de ma relative facilité de mémoire que jaloux de ma jeunesse. (« À votre âge, quand j'étais un gamin, je bossais plus que vous, mon vieux ! ») « Le ministre, c'est moi et pas vous » était une des phrases favorites qu'il adressait à ses collaborateurs, comme si la chose n'allait pas de soi. Il se sentait méprisé par certains de ses collègues du gouvernement. Le ministre des Finances de l'époque, Édouard Balladur, le complexait particulièrement : « Je vous assure qu'il me prend pour un con ! » Un jour qu'à l'Assemblée nationale celui-ci avait essayé de lui être agréable en lui disant, à la fin d'une séance de questions orales : « Je ne vous savais pas à ce point excellent orateur ! », Cabana avait rétorqué : « Ce n'est pas le seul de mes talents que vous ignorez » et il avait tourné les talons.

Ce furent, ces années 1986 à 1988, une période d'extrême fécondité pour la réforme de l'État et la modernisation de l'économie. Mais il y eut en même temps des débauches d'énergie en pure perte assez inouïes, qui maintenaient Cabana dans un état de frustration et de longues colères rentrées. Je me souviens par exemple de mois d'efforts consentis en vain pour « défusionner » les Services de la concurrence et de la répression des fraudes, sujet dont l'intérêt stratégique ne sautait aux yeux de personne et qui cependant provoqua des drames interminables. Pendant la campagne des législatives de 1986, Jacques Chirac avait pris l'engagement — assez vague d'ailleurs — auprès de syndicats agricoles de rendre son autonomie au Service de la répression des fraudes qui venait d'être intégré dans le ministère des Finances, au sein d'une nouvelle Direction générale de la concurrence, de la consommation et de la répression des fraudes, et de le réintégrer dans le ministère de l'Agriculture d'où il venait. C'était compliqué à cause des statuts des personnels et des avantages des uns et des autres, bien entendu. Cabana était mandaté pour régler cette affaire, dont le ministre des Finances ne voulait pas entendre parler. Il y eut des projets successifs, des fâcheries, des compromis remis en cause, des conflits sociaux, de belles irritations technocratiques. Pour finir, le ministère des Finances refusa de mettre en œuvre la décision qui avait été enfin arbitrée, et le Premier ministre, selon un scénario qui se renouvela en d'autres circonstances, s'en remit alors à la décision ultime du ministre des Finances qui venait de se battre contre le processus et, fort logiquement, le torpilla officiellement. On mesurait dans ce genre d'affaire la limite congénitale d'un ministre « délégué auprès du Premier ministre ». La proximité de Matignon, loin de donner du poids au ministre délégué, le mettait en position de faiblesse face aux ministres ordinaires, qui n'ont qu'à se laisser porter par le rôle de champion de leur administration qui leur est naturel.

Après la présidentielle de 1988, Cabana s'était présenté aux législatives dans l'Hérault après avoir essayé de le faire dans les Pyrénées-Orientales, son terroir d'enfance. Il m'avait demandé de venir avec lui faire campagne, mais j'avais refusé et tenu bon. Je lui avais expliqué que mon second anniversaire de mariage tombait entre les deux tours (c'était vrai). Il avait pensé que je me moquais de lui. Il me fit savoir qu'il m'en voulait. Pendant des années nous ne nous revîmes plus.

C'est à tout cela que je pensais pendant qu'il me parlait de Marly et de Rambouillet en fumant un cigarillo. Au bout d'un moment, Cabana cessa de parler du présent. « Vous vous souvenez de l'époque du gouvernement ? C'était il y a un bail. » « J'en ai un souvenir précis, monsieur le Ministre. » Cabana prend alors son sourire des bons jours (car il sait aussi manipuler les hommes, comme tous les politiques) : « Nous avons travaillé dur, avec pas mal d'échecs et quelques œuvres utiles, je vous ai quelquefois un peu secoué, mais ce qui reste de tout cela, vous savez, Xavier, c'est l'amitié. » Il m'a dit cela avec quinze ans de retard.

Je note de Madeleine Delbrêl ce conseil : « Croyons de toutes nos forces que ce monde est pour nous celui de notre sainteté. » Ce monde, mais aussi ce temps, cette génération, ce pays.

Dernier fait à noter du jour : Tutti Frutti, un des quatre chevaux à réformer du poste de gendarmerie, est mort d'une colique de torsion.

16

Casamance. Lauragais. Limousin.
Voyager avec sa motte de terre.

Ce matin il faisait froid, de la brume planait sur les douves, le soleil tardait à émerger de la forêt, des hirondelles se perchaient en masse sur les corniches de lucarnes (je comprends enfin pourquoi on les appelle « hirondelles des fenêtres » — en principe elles se posent sur les fils électriques et, ici, les fils ont été enfouis) et surtout il n'y avait plus de touristes. C'est déjà la mi-septembre. Je devine qu'à Chambord la vie, la vraie, commence au déclin de l'été.

Je suis parti à cheval avant le jour. J'ai galopé dans le noir. J'ai traversé la clarté laiteuse d'une première clairière, en suspension dans une brume à peine lumineuse, imbibée d'une lueur dont on ignore si elle vient du ciel ou de la terre, de la lune ou du soleil, si elle est la première pâleur d'un jour naissant ou l'ultime rayonnement d'un crépuscule, d'une lueur parfaitement immobile qui s'accroche à chaque brindille, à chaque fougère.

Cette impression de cendre sur l'herbe, est-ce de la rosée ou déjà de la gelée blanche ? De la rosée sans doute, car ma monture ne fait pas de bruit. À quelques pas devant moi des ombres ont traversé un layon. Sangliers ? Chevreuils ? Mon cheval n'a fait aucun écart. Comme il discerne des accidents de terrain que mes yeux ne voient pas encore, sa fausse allure me donne le mal de mer. Je lui laisse les rênes longues, il continue un peu au hasard.

J'ai besoin d'une vue dégagée. La Sologne n'en offre pas. Je commence à souffrir de ce confinement, de ce paysage fait de recoins. Comme la Casamance, le paysage solognot doit tout à la végétation. En dehors d'elle, il n'offre que du plat, et çà et là quelques trous d'eau bordés de vase. Les vastes horizons de la Corrèze et du Lauragais me manquent. Dans les chemins du Sud-Ouest, on ne fait que bondir de point de vue en point de vue. Au fond du tableau, la ligne des Pyrénées ou des Puys nous rappelle certains jours que le monde est vaste, et qu'il existe, de l'autre côté, une autre vérité.

Ici, on rampe de remise en remise. La Sologne est le paysage le plus cloisonné du monde. Même à Chambord, l'immensité du parc n'empêche qu'il est une addition de petits coins, de petits étangs, de petits taillis blottis derrière un vieux mur comme un jardin de curé. Vérité en deçà du mur, néant au-delà.

Je trotte vers l'unique lieu dégagé du domaine, le Pinay, d'où je sais que l'on peut apercevoir au-delà d'une vaste étendue de landes, au-delà de l'enceinte, la croupe aplatie de la vieille terre ligérienne. Le jour peine à se lever. Plein est, un incendie très lent embrase le ciel. Les arbres cessent d'être des monstres et ressemblent à des arbres, les buissons cessent d'être des monstres et ressemblent à des buissons, chaque détail de la prairie et de la forêt s'éclaire, mais pas au point que les objets aient encore une ombre. La lumière est partout, mais comme sans source. Impossible de savoir si le gris du ciel est celui des nuages ou simplement la fin de la nuit d'un ciel dégagé. Ici, Pompidou avait fréquenté un tir aux pigeons. Il en reste un petit bâtiment sans caractère où il prenait le café après les séances et où, maintenant, sont stockés des filets qui servent à la capture des cerfs. Sur les murs, on a aligné des trophées de mouflons corses, les ancêtres de ceux qui ont colonisé les îles Kerguelen.

Je regarde l'horizon enfin éclairé et, comme Pétrarque découvrant des nuages sous ses pieds au sommet du Ventoux, des nostalgies grosses comme des cumulus me tombent dessus. Je trouve le ciel plus grand que d'habitude. Je n'arrive pas à discerner si le soleil est encore sous l'horizon ou si une barre de nuages le cache. Tout au sud, les grands chênes de la forêt de Boulogne émergent de la nuit dans une majesté presque limousine.

Vingt ans : il y a vingt ans à peu près que j'ai quitté mon Limousin pour rejoindre le camp des grandes personnes. J'ai réalisé mes rêves : je suis amoureux de ma femme, je sers l'État, mon métier me laisse maître chez moi autant qu'on peut l'être, je vis à la campagne, j'écris des livres. Et pourtant je ne me suicide pas ! J'assume à peu près mon époque, mon âge, mon sexe, ma patrie.

Alors qu'est-ce qui coince ? Pourquoi les paysages ont-ils le don de me blesser ? Quand la nature se fait trop belle, non pas dans le genre léché, mais dans le genre grandiose comme ici, face à cette forêt séculaire et française, je ressens qu'il y a quelque chose d'inassouvi. Ma vie a été un perpétuel renoncement au voyage — et pourtant Dieu sait combien j'aurai passé de temps à voyager. Mais j'ai pris racine et je voyage dans mon pot. Assez loin, en fin de compte, de l'exigence de mon adolescence qui était un nomadisme.

17

Sagesse et capitulations. De l'indifférence des chevaux devant un beau paysage. Du bonheur.

Je me déplace, je ne me transforme plus. Je ne suis plus chez moi, je ne suis pas ailleurs. J'ai laissé il y a pas mal de temps le *carpe diem* pour le *virtus stat in medio*. Je m'épanouis dans la provocation : je la joue racines et velours côtelé, *Revue des Deux Mondes*, maison de campagne, femme idéale, famille nombreuse, messe de onze heures trente. Je tâche de me lever tôt, de travailler, de me contraindre. « Fais-toi plaisir » : j'ai décidé de tenir cette injonction propre à notre temps comme l'ordre le plus ennuyeux, le plus déprimant, le plus éroticide jamais intimé à une génération.

Il n'empêche, j'ai choisi la réalité contre le nomadisme, j'ai pris des assurances comme un notaire balzacien, j'ai suivi le Christ sans quitter grand-chose, je me suis offert de petits succès temporels, je me suis « fait plaisir », et une part sauvage en moi me le reproche avec un lancinant mépris. « Il n'y a pas si longtemps, tu rêvais de changer la France. Maintenant, tu rêves de changer de voiture. Les injustices, les frilosités, tu t'en es vite accommodé. Et le plus minable, c'est cet art que tu as de déguiser en sagesse tes capitulations. » Vu de l'extérieur, je peux passer pour un homme qui a de son bonheur terrestre un sens très étriqué. Qui sait mesurer la part du courage et celle de la lâcheté dans nos renoncements ?

Mon cheval piaffe : les paysages ne lui font aucun effet. En reprenant les rênes je fais l'inventaire de mon corps. Je suis dans une forme olympique : j'ai une pointe au mollet droit (trop long galop en suspension tout à l'heure), j'ai un fond de mal de gorge, j'ai froid au nez et chaud à une oreille, je me sens bouffi et endormi, j'ai un léger mal de tête, l'épaule gauche me démange par intervalles, une boucle d'étrivière me gêne la cuisse, j'ai l'impression que mes gants sont trop petits, une aigreur à l'estomac me rappelle que j'ai bu trop de café. Ah ! dernier point de l'inventaire, je sens l'ongle de mon gros orteil droit à l'étroit dans ma botte. Voilà de quoi est faite ma forme olympique, à regarder de près. De la même manière, le bonheur, quand il quitte le monde des fantasmes, n'est plus qu'une somme de petits bobos.

18

Mauriac au Cayla. Le brame des cerfs.
On ne s'improvise pas photographe.

Je suis donc heureux. Je ne remarque pas ce bonheur, mais si je le perdais, il ne passerait plus inaperçu. Le bonheur, comme l'a dit Gary à peu près, se reconnaît au bruit qu'il fait en s'en allant. J'essaye d'imaginer ce que deviendrait ma routine d'aujourd'hui si demain matin, par malheur, je tuais un enfant sur la route avec ma Citroën : cette routine deviendrait le paradis perdu, pas moins. Je me croyais un adepte d'Horace et du juste milieu, je me réfugie dans Lucrèce : « *Suave, mari magno…* » Le bonheur, c'est aussi le naufrage du voisin, hélas. Il n'empêche, ce qui me rend Horace proche, c'est la nostalgie qu'il avait, devenu notable, de sa pauvreté d'étudiant. « *Paupertatis audax.* » J'ai voulu gagner sur tous les tableaux, jouer au marginal notabilisé, et j'ai perdu cette part d'audace que Flaccus aussi aurait voulu conserver.

Je redescends au pas par la route de la Fleur de Lys, qui permet de voir de fort loin le sommet du château. Des vers de Maurice de Guérin me reviennent à l'esprit, des vers qui, adolescent, m'ont fait rêver, que j'ai cru écrits pour moi :

> Comme un fruit suspendu dans l'ombre du feuillage,
> Mon destin s'est forgé dans l'épaisseur des bois
> J'ai grandi recouvert d'une chaleur sauvage
> Et le vent qui rompait le tissu de l'ombrage
> Me découvrit le ciel pour la première fois.
> Mes plus jeunes regards ont aimé les forêts...

Je me rappelle ma joie, arrivant à vélo au château du Cayla, de découvrir ces vers inscrits sur une plaque de marbre apposée au mur, rappelant l'inauguration avant la guerre d'un musée Maurice et Eugénie de Guérin par Mauriac en personne. Je suis né et j'ai vécu enfant à la campagne. J'ai rêvé enfant d'être un jour comme je suis aujourd'hui, seul à cheval, en forêt, pour y faire mon métier. Le plus extraordinaire est que je ne sois pas davantage reconnaissant au sort.

Le responsable d'un domaine de chasse de l'est de la France me confiait il y a quelques jours : « Je suis comme vous. J'aime ma femme, j'aime la forêt, j'aime lire et chasser, mon métier correspond à ma passion, c'est le bonheur ! » Pour ma femme, oui, je suis comme lui. Mais pour mon métier ? C'est moins sûr : je sens que je vais m'ennuyer. Je m'ennuie déjà, sans me l'avouer. Tous mes amis font mine de m'envier parce que j'habite le château de Chambord, que j'organise des expositions ou des parties de chasse, selon la saison, et cependant il n'y en a pas un seul qui serait prêt à prendre ma place.

Un peu plus bas, en direction de la prairie de la Faisanderie, je passe à bon vent et j'aperçois à cent cinquante mètres deux cerfs qui commencent à bramer. Ils se sont installés en pleine clairière, le plus grand au milieu, le plus jeune à proximité des lisières. Entre les deux des biches broutent impunément, l'air de rien. Le brame est une grande affaire à Chambord. À la mi-septembre, chaque petit matin, nous partons sans un mot pour des miradors.

Le jour se lève et dévoile des cerfs hébétés, lançant leur cri sinistre, moitié rugissement de lion, moitié beuglement de vache. Francis Forget s'installe dans une manière de tente militaire camouflée qu'il a aménagée au bord de l'eau. Il ne prend avec lui qu'un dossier de l'ONF, un casse-croûte et un appareil photo. Il est capable de rester là de l'aurore à la nuit. Il revient avec deux cents clichés et le dossier encore dans son enveloppe. Je fais comme lui, comme je peux. On ne s'improvise pas photographe.

19

Silhouettes bovines. Un cauchemar récurrent.
Un ancien préfet débouté par le tribunal.

J'ai laissé mon cheval. Je suis revenu en voiture au mirador des Comtes Thibault. Je regarde les cerfs bramer depuis trois heures. Contre toute attente, je me mets à rêver de vaches. Mes plus jeunes regards, comme dirait Guérin, ont été imprégnés par les silhouettes bovines. J'ai habité, enfant, une maison située à cent mètres de la ferme qu'un oncle adepte du retour à la terre — qui assez tôt vira au « gens de lettre » — exploitait. Il élevait des veaux sous la mère. Il y en avait partout, des vaches limousines pour l'essentiel et, en sus, une frisonne pie noire nommée Bouggie pour fournir le lait des deux familles. Le matin, quand nous partions en classe, la voiture n'avait pas de feu rouge pour l'arrêter, mais des troupeaux de vaches.

Le premier troupeau frayait à proximité du portail. Les vaches de mon oncle n'étaient pas anonymes. Il leur avait donné des noms de danses : Twist, Polka, Valse, et donc aussi Bouggie, la frisonne, et beaucoup d'autres moins connues. Elles traversaient la cour deux fois par jour, comme la marée, transportant avec elles, sur un rayon d'une dizaine de mètres, une odeur franche comme un fromage au lait cru. Deuxième troupeau, les vaches des Froidefond, un kilomètre plus loin, formaient un groupe compact et cornu aux croupes couvertes de bouse durcie (c'était un plus à la foire, cette bouse durcie, car elle prouvait que les bovins dormaient « à l'intérieur »). Le troisième troupeau était celui des vaches Bouyges, dont certaines, réputées vagabondes, portaient au cou des tabastels. Quatrième : le troupeau Coulier, facilement confondu avec le précédent. Cinquième troupeau : les vaches Bonnie, au lieu-dit Puy-Laporte, vaches déjà étrangères, comptant quelques salers.

Un je-ne-sais-quoi distinguait les vaches de Marcillac, qui avaient une tête de la famille, des autres vaches, pareilles en apparence, mais qui n'en étaient pas. La cuisine faisait appel à des instruments aujourd'hui oubliés, comme l'antimonte-lait, le caséogène Dupont et la faisselle en plastique. Les plaisanteries à des références elles aussi disparues : « La vache a deux sous-produits : le lait et la bouse. » Sur le goudron de la route, en été, il y avait une sensation très douce à marcher pieds nus sur de la bouse séchée que les roues des voitures avaient aplatie comme une crêpe. Et, l'hiver, à celle de trouver refuge dans une étable tiède où la rumination faisait un bruit paisible (près des vaches qui ne mentent pas, réfugions-nous loin de la méchanceté des hommes, etc.). Il existait aussi un produit de base qui me semble avoir complètement disparu aujourd'hui des frigos : la crème de lait, autrement appelée crème fraîche, à cent pour cent de matière grasse ou à peu près.

J'ai fait vers l'âge de huit ou dix ans un cauchemar récurrent : je rêvais que les vaches traversaient la cour au galop, contournaient le jardin, forçaient l'entrée de la maison, montaient à l'étage, encornaient la porte de ma chambre qui allait céder au moment où je me réveillais (il m'arrive encore de faire ce rêve, mais c'est devenu très rare). Le jeudi, les enfants du catéchisme venus à la maison sentaient la vache. Le dimanche, l'église sentait la vache. La voiture de mon oncle, une Ami 8 break cabossée à l'extérieur et clochardisée à l'intérieur, sentait la vache. L'air sentait la vache. Il n'est pas anormal que de temps en temps les vaches me manquent et que les cerfs roux comme des taureaux limousins me fassent d'abord l'impression d'être des ruminants.

Brigitte a ses propres souvenirs de vaches. Dans son Tarn natal, où elle jouait avec élégance de la double situation de fille du château et de fille d'agriculteurs, c'étaient des salers. On me parla d'un troupeau dont les frasques, des années plus tard, continuaient à nourrir les conversations à défaut de remplir les assiettes. Des frondeuses un jour s'étaient échappées

« sur la grand-route ». Ce fut le branle-bas de combat. Je n'ai pas connu ces vaches parce qu'elles avaient cédé la place à de paisibles céréales lorsque j'ai rencontré ma femme. Il n'empêche, nous avons fait, elle et moi, à peu près au même âge, à peu près les mêmes cauchemars. Cela aide, dans la vie d'un couple. Quand la bouse nous manque trop, nous allons tous les deux traîner du côté de la ferme de l'Ormetrou, mine de rien. Nous disons que nous allons profiter de la vue, pour brouiller les pistes.

Retour à mon bureau. J'apprends que Belorgey, ancien commissaire à l'aménagement de Chambord, vient d'être débouté par le tribunal administratif d'Orléans. Il va devoir quitter sa ferme. Il a dépêché à mon secrétariat un garde républicain en dehors de son temps de service, mais en tenue de cavalier, pour me faire dire qu'il n'interjettera pas appel. Je goûte la manière, et l'expression. Il me fait passer une lettre pour ajouter qu'il ne mettra plus les pieds à Chambord, tant ce lieu lui est une blessure. Je lui réponds qu'il sera l'invité permanent des concerts que nous préparons. Il me retourne encore un billet : « Lorsqu'on fait le deuil d'un amour, monsieur, on ne vient plus jamais le voir. » C'est joliment dit (au vrai, ce qui fait que c'est joliment dit, c'est ce « monsieur » en apposition. De nos jours tout le monde se croit obligé de dire : « Monsieur Untel »,

« Madame Untel ». Les émissions politiques regorgent de ces vocatifs. C'est mal élevé).

En tout cas, le séjour à Chambord produit sur les fonctionnaires un effet comparable à celui des résidences des tribuns dans les provinces romaines ou des administrateurs coloniaux dans la France d'outre-mer : un fort sentiment d'appropriation, suivi d'une âpre nostalgie.

20

Test de Rorschach. Ces réminiscences que nous n'avouons jamais. Michel Déon. Des poules insolentes.

Je reviens par le chemin bas, du côté de la chaussée Saint-Victor. D'ici, à travers la charmille que la brise écarte, le château n'apparaît que par ses coupoles, ses lanternes, ses cheminées hérissées. J'ai du mal à y trouver de la symétrie. Au premier regard, la fameuse silhouette de pierre et d'ardoise, complexe et géométrique à la fois, ressemble à une tache du test de Rorschach. Chateaubriand y a vu une chevelure de femme, Victor Hugo l'Alhambra, l'adjudant-chef Marin une superstructure de porte-avions. J'y reconnais, ce matin, une espèce d'organigrammes, de ceux qu'on qualifie d'« usines à gaz » pour les dénigrer (j'ai le projet de simplifier la gestion du domaine par la mise en place d'un unique établissement public). L'autre jour, des médecins américains en vacances ont déclaré devant moi que l'escalier central représentait une molécule d'ADN.

Le sûr, c'est que le château est symétrique comme l'est un beau visage : de loin seulement. Comme un être vivant, le château ne se mesure pas en chiffres ronds. Pas une aile qui ait exactement la longueur de celle qui lui répond. Pas un mur qui soit exactement rectiligne. Se plonger dans les détails de sa construction, c'est se livrer à l'inventaire interminable des repentirs de son architecture. Le château est vivant parce qu'il est imparfait. Il a deux ailes et deux enceintes basses comme une femme a deux bras et deux jambes, une grande lanterne ourlée comme une bouche, et cependant il n'existe pas en lui deux pierres identiques. L'asymétrie de Chambord interdit tout système. On y pénètre comme on grimperait dans un grand chêne.

J'arrive à la porte Dauphine. Je pose mon sac comme un plongeur décharge ses bouteilles d'oxygène. Chambord est une île entourée de terre. Le domaine est borné par un mur d'enceinte de trente-trois kilomètres de long, ce qui est la longueur des boulevards des Maréchaux à Paris. Le plus long mur d'Europe, dit-on. À l'intérieur, presque soixante kilomètres carrés de bois, de landes et de prairies et d'étangs avec, au milieu, le château, entouré d'un village de deux cents habitants, forment le domaine national. Les quatre cinquièmes sont une réserve interdite au public.

L'État est propriétaire de tout : Chambord est le seul domaine royal qui n'ait jamais été démantelé. Le domaine de l'État se superpose exactement avec le périmètre de la paroisse, qui est aussi celui de la commune. Et l'État possède même un peu plus que cela : il est propriétaire d'un « tour d'échelle » de vingt-quatre pieds au-delà du mur, une bande de terre de quelques mètres sur les terres des communes voisines, ce qui fait tout de même au total vingt-deux hectares de plus.

Dans le village les allées sont blanches, en sable de Loire, éclatant comme la « soupe de corail », ce macadam lumineux des atolls des Tuamotu. Chaque matin, passant devant la mairie de Chambord le long du chemin de la « vieille chaussée », l'image me revient de la mairie de Tikehau, de la mairie de Rangiroa. C'est l'effet de ces maisons basses, des rosiers qui grimpent comme des bougainvilliers, du clocher à droite, des deux ou trois personnes devant leur porte qui me saluent, posées comme des sujets de Gauguin, de l'alignement de platanes qui remplissent assez correctement le rôle des cocotiers, et surtout de la promiscuité ressentie au milieu d'une immensité plate.

Une île est un endroit où un seul mot peut vous conduire très loin, un espace où les femmes ignorent l'amitié fraternelle. Le mur d'enceinte de Chambord, qu'on ne voit pas mais dont on sait qu'il campe au-delà des arbres, est une barrière de corail. Ces associations d'idées, ces réminiscences que nous n'avouons jamais, non par pudeur mais parce qu'elles nous paraissent insignifiantes, elles peuplent nos vies d'un monde fourmillant, plus déterminant de notre bonheur que les actes spectaculaires qui infléchissent notre destinée : à Chambord, je suis dans le Pacifique Sud.

J'ai mis des années à guérir de cette islomanie dans laquelle Chambord me fait replonger. Je ne sais pas, comme l'écrit Michel Déon dans je ne sais quel livre (si, je le sais, c'est dans *Mes arches de Noé*, vers le milieu du début, mais je n'ai pas ma bibliothèque sous la main pour vérifier), je ne sais pas si la manie des îles est le contraire des voyages.

Une île est un périmètre, un berceau à l'intérieur duquel on se construit un abri pour se tenir immobile, mais c'est aussi, pour les gens comme moi nés loin de la mer, un lieu où l'on n'est pas chez soi : être dans une île, c'est être précisément en voyage, même en résidence.

Le hasard m'envoya à Tahiti comme stagiaire lorsque j'avais vingt et un ans, pendant mes études. Je venais d'achever mon service militaire, le plus continental qui fût, dans un régiment d'infanterie à Verdun. La redécouverte brutale de la vie civile dans cette île particulière fit naître en moi l'obsession des îles en général, et je n'eus un temps de cesse que d'en découvrir de plus lointaines, de plus petites. Moorea, juste à côté, avec trop de touristes et un Club Méditerranée que les Polynésiens appelaient « le parc à cochons », Huahine, dont le maire possédait une énorme voiture, Bora Bora, comme dans les films, Tahaa et sa jumelle Raïatea, Rurutu, où vivait un roi, Tubuaï et ses plages privées de lagon, Rapa, où le froid austral pousse sa corne et où les cocotiers ne grandissent pas, Manihi, toute plate, Rangiroa, plus plate que Manihi, Tikehau, plus plate encore que Rangiroa, Makatea, monticule de phosphate peuplé d'une centaine d'habitants divisés en deux clans, où l'on accostait en baleinière sous des grues ruinées où des poules insolentes vous couraient dans les pieds, où je me suis baigné, près de la mer, dans les eaux douces d'un lac souterrain au fond d'un gouffre noir où m'avait conduit une habitante qui semblait sortie d'un récit de Guy de Larigaudie, Ua-Pou, avec sa baie et ses pains de sucre où l'on débarquait par une chaloupe appelée *Kéké II*, Nuku Hiva, ourlée de manguiers, écrin d'une résidence coloniale desservie par une allée de pamplemoussiers.

21

Comment aborder Gorée. « La Découverte de la maison de campagne d'Horace ». Un dessert de Vivant Denon.

Accoster les îles en bateau plutôt qu'y atterrir en avion ; découvrir des archipels sans aérodrome, si possible sans mouillage ; y trouver un monde vraiment particulier, où les regards sont obligés de se croiser : voilà le programme ! Je désertai un temps Tahiti pour l'île de Pâques, que l'on rejoignait certes en avion, un vieux Boeing 707 de Lan Chile, mais où l'on devait loger chez l'habitant, le premier hôtel étant encore en construction, et louer un cheval pour se déplacer, au tarif de cinq dollars par jour. J'abandonnai plusieurs semaines avant la date prévue mon emploi à Papeete pour l'île du Nord, en Nouvelle-Zélande, puis les îles de Java et Bali, puis l'île de Singapour — mais cette île-là est autant une île que l'île de la Cité peut l'être —, puis l'île de Ceylan, ce qui me valut les récriminations de mon directeur de stage, un Ariégeois triste appelé Frémont.

Ce n'était pas encore assez. Revenu en France, je convoitai des îles de plus en plus galvaudées. La

Corse, qui n'est pas galvaudée mais qui n'est pas non plus une île, l'île des Éléphants, où j'ai bu du Coca-Cola, la Grande Comore, où bronzent les Sud-Africains, Sal où il n'y a presque pas d'eau douce, Boa Vista où s'agglutinent les véliplanchistes allemands, Honshu (mais est-ce une île ?), Sao Vicente, et même la Grande Canarie, prototype de l'île pour agence de voyages. Il y eut encore l'île Saint-Louis abordée par le boulevard Henri-IV, l'île du Ramier à Toulouse, cabotée en skiff, les Glénan, le mont Ventoux et le Tourmalet (je mentionne ces deux derniers sites bien qu'ils soient continentaux, car il y règne une atmosphère insulaire, qui vous saisit lorsque, au sommet, vous vous agrégez au clan des cyclistes unis par une complicité d'aventuriers, sûrs de soi et larges d'épaules, parlant de braquet avant de se présenter, comme on pousse la porte d'un bar de marins à Valparaíso).

Quand je me suis installé à Dakar, au cap Manuel, précédant de quelques semaines ma famille, l'orientation de ma maison a mis — comme par hasard — Gorée dans l'axe de mon regard. Chaque matin, tandis que je dégustais seul la papaye au citron vert qu'un boy silencieux me servait sur la terrasse, l'île, posée sur l'océan au-delà de la haie de bougainvilliers qui bornait le jardin, me narguait. L'idée me vint assez vite d'y aller à la nage. Je ne sais plus très bien comment ce projet a mûri, mais je crois que la lecture d'un livre de Saglio (collection « Petite Planète ») où était écrit que, pour comprendre

Gorée, il fallait y aborder avec l'état d'esprit d'un naufragé, y fut pour quelque chose.

L'île totale est un lieu où l'on ne débarque pas en avion, ni en paquebot, ni même en chaloupe, mais bien à la force de ses bras, s'agrippant à la grève comme à une bouée. Une fois montée à terre, chaque créature est admise au cercle des sauvés, tous les mots engagent. Un samedi, au petit matin, je me suis mis à l'eau au bout de cap Manuel et j'ai nagé tout droit vers cette île où je prétendais accoster pour la première fois.

Ce fut le naufrage espéré. J'avais à peu près évalué la distance, mais pas le courant qui me poussait vers le sud et m'obligeait à corriger ma trajectoire en permanence, ni le passage terrifiant des porte-conteneurs, ni la nappe de pollution aux hydrocarbures à l'entrée du port de Dakar, ni surtout la houle, très lente mais terriblement puissante qui, de loin en loin, écrasait le rivage. J'avais l'impression désagréable de nager sans avancer. L'air était immobile, aucun vent ne soufflait, mais, à l'approche de Gorée, des vagues lourdes, par intervalles, battaient les rochers dans un bruit de tonnerre. Entre deux vagues, la mer reprenait son souffle dans un silence interminable et angoissant. Et moi, je barbotais. Après plusieurs heures de crawl à contre-courant, un rouleau me drossa prestement sur un épieu de basalte au pied d'une falaise, au sud-ouest de l'île, me reprit, m'expédia de nouveau vers les rochers. Je finis par y tenir agrippé. Je profitai d'un ressac pour ramper vers la terre ferme et fouler enfin, couvert de sang, le sol de Gorée.

Un Sénégalais appelé Diop, breveté en secourisme, me récolta. Il me conduisit d'autorité au dispensaire municipal d'où je sortis barbouillé d'éosine des pieds à la tête, noué de bandelettes comme Lazare, puis m'offrit une bière au Chevalier de Boufflers. En sirotant sa bière Diop me demanda, de l'air de celui qui exige enfin une confidence : « Pourquoi as-tu fait cela ? À cause d'une femme ? Tu as tort. Une de perdue... » Autour de nous, des gens de tous âges allaient et venaient, parmi lesquels des filles noires et majestueuses qui portaient des boubous gigantesques. J'avais vraiment l'impression d'être tout nu, mais je considérai mon premier contact avec Gorée comme un succès.

J'y revins en chaloupe. Conjointement avec un diplomate anglais, nous avions pris en charge la chronique gastronomique du journal dakarois *Le Soleil,* sous le pseudonyme d'Anatole Camara, et nous devions engranger des informations pour nos articles. Nous avons essayé tous les bistrots de Gorée, avec nos épouses amusées, et nous prenions à chaque fois quatre menus différents.

Un Zodiac de la gendarmerie sénégalaise me déposa à quelque temps de là sur l'îlot aux Serpents, un récif criblé de guano au large des Almadies, où presque rien ne pousse. Je m'y ennuyai mortellement pendant une poignée d'heures. Mon islomanie refluait. J'avais trente ans, deux enfants et demi, j'aimais ma femme éperdument, et je comprenais qu'en affirmant qu'à la trentaine on découvre que *Carpe diem* ne suffit pas à fonder une vie, Byron avait dit la vérité.

Les îles se parcourent à cheval, même quand elles sont des continents. L'abbé Capmartin de Chaupy, qui au XVIIIe siècle a publié trois volumes sur *La Découverte de la maison de campagne d'Horace*, explique que le cheval qui lui servait à se déplacer en Italie était devenu « presque antiquaire à force d'être conduit aux antiquités » : cet animal allait de lui-même aux ruines sans avoir besoin d'être averti et sa fatigue semblait cesser quand il se trouvait sur le pavé de quelque voie antique, dit-il.

Je comprends Chaupy : j'ai souvenir d'un trotteur qui de la même façon allait spontanément « aux chiens » pendant les chasses à courre ; j'en étais pour cette raison tombé amoureux, au sens où un cavalier peut tomber amoureux de sa monture : je goûtais son odeur et ne supportais pas qu'on s'avisât de lui trouver un défaut (il mordait). Le cheval manifeste en principe une totale indifférence à ce qui nous intéresse, mais toute règle a ses exceptions.

Un jour exista le bonheur de chevaucher au hasard dans le Latium sans le bruit des camions, d'explorer des colonnes de marbre qui dépassaient des buissons, d'entrer dans des auberges simples et belles comme des tableaux flamands où des jeunes filles sages aux nattes repliées vous offraient des fruits sortis des glacières en vous disant : « Je vous offre ces fruits, je voudrais que vous n'en mangiez point d'autres », comme à Vivant Denon.

22

Aimer la campagne par défaut.
Une confidence navrante.

Horace aimait-il la campagne ? Oui, quand il était à Rome. Il détestait la solitude, et il n'était jamais seul dans ses terres. La ville est une solitude, et la campagne, quand elle n'est pas un désert, un lieu de compagnonnage. Un paysage n'est rien sans une créature pour le regarder avec vous. Nous sommes persuadés de rechercher des lieux nouveaux quand nous sommes à l'affût de créatures nouvelles : voilà de quelle hypocrisie sont faites nos petites excursions. La campagne, comme les îles en général, peut y être propice. D'ailleurs à quoi servirait-il de s'embarquer pour Cythère si c'était pour contempler tout seul un coucher de soleil ? Horace à Tibur jouait au grand homme resté simple. Il jouait cette comédie indigne de lui parce qu'il avait un public, à défaut d'une unique amoureuse. Il se faisait son propre cinéma, pour lui et quelques autres.

Il n'est rien de plus navrant que cette confidence qui se répète de siècle en siècle dans la bouche de ceux qui ont approché les puissants : « Quand on le voit de près, on s'aperçoit qu'il est resté un homme comme les autres. » Mécène l'a dit d'Horace, Horace l'a dit de Mécène, Benvenuto Cellini l'a dit de François Ier, Chateaubriand l'a dit de Bonaparte. Hélas ! Oui, les puissants sont des hommes comme les autres. Le malheur, c'est que c'est à des hommes comme les autres que nous confions nos rêves et notre destin. Il n'y a pas de grand homme. Malraux affirme même, par la bouche de l'aumônier des Glières, qu'il n'y a pas de grande personne. Il a raison : les héros et les saints sont des enfants.

Moi-même, je ne suis devenu une grande personne que du jour où je me suis aperçu qu'il n'y avait pas de grande personne.

23

Tir aux pigeons. Inspection du mur d'enceinte. Un rappel à l'ordre de l'adjudant-chef Marin.

Ce soir, après le départ du dernier visiteur, nous avons organisé une battue au pigeon dans les combles du château. C'était un soir d'hiver, glacé et lumineux. Nous étions quatre, Forget, Odier, Bouland et moi, armés de carabines vingt-deux long rifle et de cartouches à petite grenaille, capables d'abattre un pigeon sans égratigner les ardoises. Les pigeons sont la plaie des greniers. Ils entrent par on ne sait où, laissent des plumes, des crottes ; parfois un cadavre momifié d'oiseau, étrangement léger, rencontre votre pied dans les escaliers des entresols.

Nous avons commencé par tirer sur des pigeons à l'intérieur des combles. Puis, la pénombre devenant trop épaisse, nous sommes sortis sur les terrasses. Nous y avons tué quelques oiseaux de plus, dont l'un est tombé lourdement dans les douves, plouf, puis, sans dire un mot, nous nous sommes accoudés à la balustrade, à regarder en silence la nuit descendre sur la forêt. Lorsqu'il a fait tout à fait nuit, nous nous sommes dit au revoir.

Je suis resté seul sur les terrasses. La lune se levait, une lune énorme qui repeignait le château en vif-argent. Tout en m'attardant dans l'obscurité, je mesurais la chance qui était la mienne de côtoyer cette équipe qui travaille autour de Francis Forget : Gambier, Chatry, Cuny, Lefebvre, Charpentier, Perdriel, Hubert et les autres, ces hommes travailleurs, buveurs, fumeurs, déférents et à la fois tenant leur rang, incarnation tardive d'une France très ancienne faite de courage, de gentillesse et de bourrades. Une France aux pieds dans la terre et qui n'a peur de rien. Chaque jeudi matin a lieu dans une maison forestière aux murs remplis de massacres de cerf une réunion de toute l'équipe. On y parle de travaux forestiers, de ventes de bois, de chasses à préparer, d'entretien du matériel. On termine en ouvrant un vouvray. Les plaisanteries sont gaillardes et pudiques. Dans ce groupe Odier tient une place originale. Ce grand drogué de chasse amoureux de ses chiens sait comme personne attirer les confidences des invités. Il use de flatteries obséquieuses qui lui ont valu l'estime d'un grand nombre des importants personnages qu'il accompagne aux affûts (et la mienne aussi, je dois l'avouer). J'aimerais composer un *Traité de la flatterie*...

Il est tard. Je repasse au bureau où le téléphone sonne obstinément. Je finis par décrocher. C'est Philippe Bas, secrétaire général de l'Élysée, qui appelle pour une « inspection du mur d'enceinte ». L'inspection du mur d'enceinte, selon le code, c'est un tour à cheval en forêt. Il voudrait venir demain matin.

Huit heures, aurore timide. Bas se gare sous les ifs, près du puits, derrière la tour des Princes. Au début, l'adjudant-chef Marin insistait pour lui affecter le cheval du préfet, mais Bas n'est pas trop mauvais cavalier, et Marin a accepté finalement de lui laisser Fil de Fer, un selle français bai et fantasque. Nous avons plusieurs circuits. Le plus dépaysant nous conduit à la Thibaudière, une cabane au fond des bois installée au temps de Pompidou pour les casse-croûte, et où Giscard avait fait mettre un lit de camp.

Nous avons d'abord longé l'étang des Bonshommes. Notre conversation, dans laquelle il était surtout question de politique, était si souvent interrompue par la vision fugitive d'un cerf entre les fougères que nous avons assez vite arrêté de parler pour nous consacrer à observer ce que la forêt nous offrait. Une compagnie de sangliers a traversé le layon devant nous, laissant derrière elle une odeur tellement forte qu'il nous semblait que nous étions nous-mêmes des chiens courants. Nous avons mis nos chevaux au galop à leur poursuite (« On ne dira rien à Forget ! »). Au bout de trois minutes, le dernier marcassin, par une manière de crochet suivi d'un cadrage débordement dans les ronciers, nous avait échappé. Ce n'est pas demain qu'on rééditera l'exploit de Gaston d'Orléans qui força à cheval, sans chien, un cerf dans le parc de Chambord.

Nous nous arrêtons un instant : se livrer aux conversations de café du commerce en forêt est un plaisir trop fort. Philippe est un cérébral, à l'intelligence ironique et subtile, soucieux de fiabilité plus que de brio, adepte du clin d'œil plutôt que du coup de gueule. Il analyse avec une finesse rare les ressorts de la science administrative et ceux de la psychologie humaine qui, au degré où il les décortique, ne forment plus qu'une seule discipline. Je me demande s'il aime vraiment les calculs auxquels il ne cesse de se livrer, les astuces de billard à trois bandes, la fausse naïveté dont il joue avec un évident plaisir. Lui-même le sait-il ? Il aime séduire, mais ses aînés plutôt que ses pairs : Jean-Pierre Soisson, Abdou Diouf, Simone Veil, Jacques Barrot, Jacques Chirac sont tombés chacun son tour dans le panneau. Bas est moins frêle qu'il voudrait le faire croire. À vingt ans, bravant les incompréhensions familiales, il a choisi l'Église catholique, lui qui était né protestant, parce qu'il découvrait dans le catholicisme l'aboutissement de sa foi réformée. « Je suis tombé dans le catholicisme en allant jusqu'au bout du protestantisme. » Nous repartons. Pour l'heure, le secrétaire général se vautre dans la transgression équestre, galope à tort et à travers, et comme je lui crie : « Je raconterai tout à Forget ! », il tasse les épaules, feint l'air contrit du bon élève surpris en faute. Au retour nos chevaux boitent, et c'est l'adjudant-chef Marin qui nous rappelle à l'ordre.

24

Le rire passible des tribunaux.
« Ne passez pas de maison en maison ».
Gabriel Matzneff. L'adolescence de Jésus.

L'île de Gorée, nous y allions « au complet » certains samedis après-midi pour des concerts que M. Archambault organisait dans sa maison de négrier avec des pianistes de passage, et tout le monde rembarquait à la nuit par la dernière chaloupe, avec l'impression de vivre la triple aventure d'une régate sportive, d'une mondanité coloniale et d'un acte de militantisme culturel. Sur le pont, des poulets côtoyaient un premier prix de Conservatoire. Certains soirs de l'hiver tropical, Archambault réunissait chez lui son petit cercle sans se mêler d'intendance, menant son affaire avec un talent qui le dispensait de zèle, mettait à fond la climatisation de son salon, parvenait à faire descendre la température de la pièce jusqu'à quinze ou seize degrés, et allumait un feu de bois dans la cheminée. Cette pratique me plongeait dans des abîmes de perplexité.

Revenons à Horace. De nos jours, avant tout autre propos, on l'aurait interpellé sur les conditions dans lesquelles il s'est retrouvé propriétaire de la villa de Tibur, lui qui n'avait pas de fortune personnelle et pas non plus de droits d'auteur. Ce n'est pas que notre époque soit jalouse : c'est qu'elle est morale. Nous autres, au XXIe siècle, nous ne sommes plus sur terre pour nous amuser. Le domaine où l'humour garde le droit de s'exprimer se réduit d'année en année comme une flaque s'évapore sous le projecteur brûlant de la raison. Bientôt le rire sera passible des tribunaux.

« Ne passez pas de maison en maison. » J'ai du mal à comprendre cette consigne de Jésus aux soixante-douze de ne pas s'adonner au porte-à-porte. Tant pis pour ceux qui sont oubliés ? Paradoxe de l'incarnation tout entière que cette idée de s'en remettre au hasard d'un moment et d'un lieu.

Le Christ a été pour commencer un charpentier qui faisait des charpentes, un juif pieux comme les autres juifs pieux, inconnu au-delà de son pâté de maisons, à ceci près que peut-être des femmes ragotaient au lavoir à propos de ce jeune homme si beau qui laissait passer les années sans se décider à se marier. « Ce Yéshua ben Joseph encore célibataire à vingt-neuf ans, quel gâchis ! Et cette pauvre Marie qui refuse de prendre les choses en main… »

Le secret de Jésus, c'est ce temps très long qui sépare sa douzième année du début de sa vie publique : dix-huit ans dont aucun Évangile ne nous dit rien. Dix-huit ans et peut-être davantage, si l'on en croit saint Irénée, pour qui Jésus a vécu cinquante ans.

Je me représente Jésus vivant petitement dans un petit endroit, accueillant les saisons, les drames, la mort de Joseph, Marie sous la pression de la famille et des voisins, Marie en qui se dispute une fille simple qui se demande si elle n'a pas rêvé, bien des années plus tôt, quand un ange était venu lui rendre visite, et la mère de Dieu qui médite tout dans son cœur. Quand Jésus a douze ans, c'est, en elle, la fille simple qui s'exprime la première : « Pourquoi *nous* as-tu fait cela... » Toute la détresse de Marie est dans ce « nous » qui scandalise M. Gabriel Matzneff, et qui, selon lui, expliquerait l'aversion de Jésus pour les familles.

Matzneff a ses raisons. Mais il est vrai que, quand on songe aux propos du fils de Dieu sur les belles-mères dressées contre les brus, sur ceux qui aiment leurs parents ou leurs enfants plus que Lui et ne sont pas dignes de Lui, sur les prostituées qui précéderont au paradis les dames du catéchisme, sur les frères et les sœurs qui ne sont pas ceux qu'on croit, sur ces femmes heureuses de n'avoir pas allaité, on regarde avec curiosité ces familles monogamiques, à haut pouvoir d'achat, qui descendent à la messe en voiture monospace. Et saint Luc ajoute que les parents de Jésus ne comprenaient pas. Oubliée, la visite de l'ange ? Oubliée, la nuit de Bethléem ? Toute vie spirituelle est soumise à ces intermittences du cœur, et le plus incroyable dans nos vies de chrétiens, c'est notre capacité à perdre le souvenir des grâces reçues.

L'adolescence de Jésus, les premiers pas de l'adulte, les amis qui peu à peu s'éloignent de ce garçon attachant mais décidément trop différent des autres, taciturne, qui ne sait que travailler le bois et prier à l'écart pendant des heures entières, l'hésitation qu'il eut avant de sauter le pas au seuil de la vie publique, les Écritures ne les enferment dans aucun récit.

Tout a tenu à ces moments inconnus où le salut du monde dépendit d'une mère blessée et d'un fils silencieux. Une seule allumette était disponible pour allumer le brasier universel, et elle était entre les mains d'une seule femme. Dieu a fait ce pari. C'est pour cela qu'il a dit : « N'allez pas de maison en maison. » Quand on a pris le risque de tout faire dépendre d'un fétu de paille, on ne donne pas dans la campagne électorale. Les détails, on les envoie au fond du lac comme un troupeau de cochons.

25

Quatorze battues au sanglier. Une réunion de crise.
Hercule Poirot.

Chambord est un lieu où l'on sait ce que cochon veut dire. Un lieu où le sanglier est légion : plus de mille vont et viennent dans l'ensemble du domaine avant l'ouverture de la chasse, cinq sangliers pour un habitant. Dans des conditions ordinaires, une population de sanglier double tous les ans : il faut donc en tuer cinq cents chaque saison pour garder un effectif constant. À Chambord, le sanglier n'a pas d'autre prédateur que l'invité des battues officielles. Quatorze battues au sanglier sont organisées chaque année. Trois mille cartouches sont tirées.

Vendredi dernier, au petit déjeuner de chasse dans la salle des Soleils du château, le préfet d'une très grande région, célibataire endurci, portait une paraboot au pied droit et un Pataugas au pied gauche. Il était en discussion devant la cheminée avec le vice-président du Conseil d'État, en bottes.

« Monsieur, dis-je à ce dernier, vous avez aux pieds deux bottes de même marque.

— Ben oui, répond-il. Et alors ?

— Alors rien, je disais ça comme ça. »

Les regards plongent vers le sol. Le préfet est démasqué. « C'est, fait-il, que les matins de chasse je me lève très tôt et je m'habille sans allumer la lumière. J'attrape mes chaussures à tâtons dans le placard. Il est déjà heureux que je n'aie pas pris deux fois le même pied. » Commentaire d'un sénateur du Puy-de-Dôme, d'une voix flûtée : « Quand on s'habille dans le noir, c'est qu'on ne dort pas seul. »

Fin de la battue. Les derniers invités sont partis. Réunion de crise dans mon bureau. Hier soir, très tard, des intrus ont circulé dans le château. Un dispositif d'affût avait été mis en place aux différentes sorties, avec des gendarmes, des gardiens, mais les ombres se sont éclipsées sans passer par où on les attendait. À six heures du matin, il nous a fallu replier l'expédition, bredouilles. Déclaration du sergent-chef Toupet :

« C'est de la provocation, monsieur le commissaire. Et ça dure. On ne vous a peut-être pas dit qu'il y a quelque temps, une capote anglaise a été retrouvée sur le lit de Henri V. »

Moi :

« Non, on ne me l'a pas dit. On ne me dit jamais rien. On m'avait d'ailleurs affirmé que ce lit n'avait pas de matelas. »

Lui :

« Si, il en a. C'est le lit de François Ier qui n'a pas de matelas. »

Moi :

« Je pensais que tous les lits étaient comme celui de François Ier. »

Un agent de surveillance :

« Le promeneur nocturne connaît le château mieux que nous. Il nous nargue. »

Un autre agent de surveillance :

« Nous ne le coincerons jamais. »

Moi, dans le style Hercule Poirot :

« Faites donc marcher vos petites cellules grises : à vous entendre, le plus probable, c'est que ce provocateur est ici, parmi nous, autour de cette table. »

Tout le monde : silence, gêne. Est adoptée la décision suivante : nous organiserons des tours de garde inopinés. Nous ferons appel, à l'improviste, à un maître-chien de la gendarmerie qui prendra l'affût avec son molosse dans les appartements de Henri V. De là, il patrouillera dans tout le château, au hasard. Et surtout nous ne dirons rien à l'extérieur : il ne sert à rien de se rendre ridicule ou d'ennuyer le préfet.

26

Cornemuse. Baroqueux anglais.
Dispute. Chambord la nuit.

La solution du chien s'est révélée impossible. Le capitaine de gendarmerie de Blois, avec des phrases compliquées de gendarme, m'a persuadé que la venue des maîtres-chiens dans le château était techniquement inadaptée. J'avoue n'avoir pas très bien compris pourquoi ; cependant j'ai senti qu'il valait mieux ne pas insister. On a trop souvent besoin des gendarmes. D'ailleurs, depuis la dernière chasse, les rôdeurs ne se manifestent plus. Je suis, comme Marin, persuadé qu'ils font partie du personnel.

Dominic Hofbauer est arrivé à Chambord comme objecteur de conscience il y a pas mal d'années. À présent, il est un des meilleurs connaisseurs de l'endroit. Il a fouillé partout, peut-être même la nuit, dans les archives, dans les combles, dans les latrines. Surtout dans les latrines. Il a gardé son côté objecteur : dans ce repaire de chasseurs, il est végétarien. Dans le monde hiérarchisé de l'administration, il joue à l'électron libre. Au milieu de cette bande de sonneurs de trompe de chasse, il a acheté, par bravade, une cornemuse. Et quand, le soir après la fermeture, les gardes stagiaires sonnent des bien-allés dans la cour du château, il riposte par des mélodies celtiques sur les terrasses. Le miracle, c'est que tout le monde l'aime bien. Tout le monde s'aime bien à Chambord : il vaut mieux s'aimer que de ne pas s'aimer, dans les îles.

Dominic me conduit dans un étrange boyau. Il porte une lampe tempête. Il a fait venir un appareil magnétique qui permet de détecter les cavités à distance. « Là, me dit-il, sous cette tour, il y a une grande cave oubliée. » C'est, selon lui, une des fosses de latrines conçues par Léonard de Vinci, construites en 1519 et bouchées par la suite. « Si l'on creuse, on trouvera la poubelle de François Ier. On connaîtra même ses petits bobos digestifs grâce à des analyses bactériologiques. Je connais quelqu'un à l'université d'Orléans qui... »

On creuse. Le bruit sonne creux. Le trou est là. C'est bien vrai. Quelques jours plus tard, la brèche est grande ouverte, on descend. « Ici, explique Dominic, nous avons des fosses de la première génération. Partout ailleurs, les latrines ont été curées au XVIIIe siècle, et on n'y ramasse guère que des bouteilles jetées par les domestiques d'Élie de Bourbon-Parme. Mais celle-ci a dû être murée avant

Louis XIV. Imaginez ! Nous allons retrouver les coquilles des huîtres dégustées par Charles Quint ! »

Pendant que l'un derrière l'autre nous descendons l'échelle métallique qui s'enfonce dans une terre noire, je pense aux découvreurs français du masque d'or du roi de Mycènes et d'Argos : « J'ai contemplé le visage d'Agamemnon ! » Nous foulons avec un dégoût ému le sol un peu trop mou (voit-on ce qu'on croit ? Croit-on ce qu'on voit ?). Dominic tend sa lampe tempête vers le mur strié de taches suspectes. Et là, nous découvrons, écrit à la mine de plomb :

> Seuls en ces lieux, aimant la solitude
> Nous profitons d'un moment de loisir
> Pour livrer nos cœurs, comme à notre habitude
> À leurs réflexions, tel est notre plaisir.
>
> Signé : Desfeings, 1845.

« Et zut ! » lâche Dominic Hofbauer. Chambord est riche de ce genre de déconvenues : on cherche des croquis de Léonard et on tombe sur des factures qui datent de Mérimée, quand ce n'est pas de Giscard d'Estaing.

Jean-Gilles Badaire est conférencier au château de Chambord, mais il a été garde-barrière et, surtout, il peint. Il peint des toiles sombres et profondes, des anges noirs et des greniers dogons. Certains mercredis, il se déguise en comédien de Molière pour les enfants des écoles. Il en profite pour faire un charivari sous nos fenêtres.

Molière, justement, Isabelle de Gourcuff s'y intéresse. Elle est venue me voir avec un projet séduisant : présenter au château *Le Bourgeois gentilhomme*. C'est ici même que le 14 octobre 1670 la comédie-ballet a été créée devant le roi, avec Molière dans le rôle de Monsieur Jourdain et Lully dans celui du Muphti. Depuis elle a été rejouée des milliers de fois, mais rarement dans sa version intégrale, et jamais ici.

Il faut imaginer les conditions de cette première : fin août 1670, le jeune Louis XIV, arrivé à Chambord accompagné d'une partie de la cour pour des vacances de quelques semaines sans protocole (Marly n'existait pas encore), a passé commande à Molière et Lully d'un divertissement. Les deux hommes se sont mis au travail début septembre. En six semaines, *Le Bourgeois gentilhomme* est écrit, composé et monté. C'est moins de temps qu'il n'en faut aujourd'hui pour reprendre une programmation de routine. Organiser la reprise du *Bourgeois gentilhomme*, dans les lieux et dans l'esprit d'origine, en collant le plus près possible à l'esprit initial, est très excitant. L'initiateur de l'idée est Alain Germain, un artiste brillant exerçant ses talents aussi bien en musique qu'en chorégraphie ou en théâtre, quand ce n'est, dans ses moments perdus, en commettant des romans policiers.

Alain Germain amène une compagnie enthousiaste. Pour la partition, il a enrôlé des baroqueux anglais, l'English Festival de Lina Lalendi et la Britten Symphonia de Nicholas Cleobury. Pour le théâtre des personnalités de grand talent, Anne Le Fol, Yves Gourvil, Andréas Jäggi… Mais il n'a pas d'argent.

Le Centre des monuments nationaux, doté cette année-là de crédits d'action culturelle considérables, dont la vocation est précisément de financer des événements culturels dans les châteaux de l'État, ne veut rien savoir. Ses responsables reprochent à Molière d'être mort (place à la création contemporaine) et à Alain Germain d'être trop doué (place aux « acteurs culturels » capables de parler dans un hygiaphone). On discute. On se fâche. On se fâche souvent, à vrai dire. Je me demande d'où vient cette opposition systématique à tout ce qui vient de Chambord. Je recense plusieurs causes possibles. D'abord, la méfiance militante d'une direction des Monuments nationaux encartée au parti socialiste, à l'égard d'un domaine où la seule carte qui compte est le permis de chasser. Ensuite, des querelles de génération : là-bas, ils ont vécu Mai 68, et mon projet d'établissement public les agace. Et puis il doit y avoir une part d'animosité naturelle, de méchanceté gratuite à mon égard. Je ne m'en offusque pas : il est tellement dans notre nature de nous persécuter les uns les autres…

Mais ce n'est pas le tout de s'interroger sur ses relations. Il faut sauver le projet par des tours de passe-passe : une association, présidée par René Monory, devient le support juridique du spectacle. La région Centre et le département de Loir-et-Cher attribuent des subventions. Un mécène privé s'engage, qui n'a que peu à attendre de Chambord et Molière, mais devine l'intérêt esthétique du projet : Pierre Fabre. Eurostar offre le transport des musiciens anglais et de leurs instruments. La Fondation Sommer prend à sa charge la communication. Une maison de champagne donne à boire. L'Office national des forêts prête ses services. Le président de la République accorde son haut patronage.

La générale dans la cour du château est ouverte à toute la population du village de Chambord. Des Parisiens aussi sont là, de la presse étrangère. Le bouche-à-oreille fonctionne : le lendemain la première est donnée à guichet fermé, et les deux représentations suivantes aussi. Le *Times* fait une demi-page de compte rendu. TF 1 en parle au journal télévisé. Le *Washington Post* envoie un correspondant. Pour quelques soirées, le château de Chambord a ressemblé à ce qu'il était du temps où l'on y donnait du théâtre : le nombril de l'Occident. Alain Germain avait su intégrer la mise en scène à l'architecture : nous vîmes des Turcs dévaler l'escalier François Ier, des laquais s'apostropher depuis des lucarnes, des violes de gambe surgir des galeries.

Le soir de la dernière, les acteurs et le personnel du château sablent le champagne dans la grande salle du bas. Nous tardons à nous séparer, tant nous avons vécu d'heureux moments. Les derniers se retirent à deux heures du matin.

Je reste seul dans le donjon désert. J'ai remis une bûche dans la grande cheminée de la salle des Soleils. J'ai tiré un fauteuil à proximité du foyer. Je regarde l'âtre à mes pieds. Les flammes font luire dans la pénombre le sol en tomettes cirées. Je m'emploie à imaginer que Molière a quitté la pièce à l'instant. Au mur, la grande tapisserie de Bruxelles représentant l'appel d'Abraham s'anime de lueurs de feu. Dehors la bourrasque se déchaîne. Il faisait beau pendant la représentation ; immédiatement après le temps a changé. Un vent lugubre ronfle dans la grande lanterne, au sommet de l'escalier central dont les chapiteaux, dans la quasi-obscurité, ont pris un relief singulier. Dans la nuit toutes les pierres de Chambord se mettent à parler. Des symboles surgissent de partout, là où en plein jour on ne discernait rien.

27

Un amour douloureux et lancinant. Le livre d'or imaginaire du château. Spleen préfectoral. Pluie.

On dit que Charles Quint, venu le jour (et qui, la nuit, devait dormir), n'a pas relevé que les salamandres ornant les plafonds de Chambord portaient par provocation la couronne impériale surmontant la lettre F. Il préféra s'extasier devant l'architecture en y voyant, selon la chronique, « un résumé de l'industrie humaine ». André Du Chesne relate cette expression dans un ouvrage publié longtemps après, en 1609, *Les Antiquitez*. Charles Quint a ainsi ouvert une tradition, celle de la petite phrase admirative sur Chambord, exercice obligé à travers les siècles. Il avait aussi saisi ce fait : le château de Chambord parle plus à l'intelligence qu'au cœur. Dans le grand escalier, on s'extasie sur la prouesse technique plutôt que sur l'esthétique. Sur les terrasses, c'est la performance qui frappe et non la poésie. François Ier, comme tous les adolescents, était plus soucieux d'impressionner que d'émouvoir. Il faut des mois de solitude sur ce promontoire perdu au milieu des fougères et des genêts pour commencer à y trouver quelque chose qui vous pince les entrailles, et qui s'appelle : la beauté poétique. Il faut du temps pour devenir amoureux de Chambord, et quand on l'est devenu, c'est d'un amour douloureux et lancinant.

Que dit le livre d'or imaginaire du château ? Un ambassadeur de Venise, Jérôme Lippomano, affirme dans une dépêche de 1557 : « J'ai vu dans ma vie plusieurs édifices magnifiques [et nous croyons volontiers cet aveu d'un Vénitien de la Renaissance] mais jamais aucun plus beau ni plus riche. » On sait ce que signifie le mot riche attribué à un bâtiment par un notable de Venise : un édifice meublé à l'excès, avec du doré partout, de la peinture rouge, verte, bleue, un peu plus qu'il n'en faudrait pour le simple bon goût, des jonchées, des étoffes. C'est la masse qui frappait Lippomano, l'accumulation. Lippomano précise que Chambord n'était pas aussi peinturluré que Fontainebleau, mais tout de même.

Le grand château, que tant de générations ont connu vide, est né dans les froufrous et les déguisements. Félibien, Chateaubriand, Hugo, Michelet, Flaubert, Quignard ont livré chacun son tour leur exercice de stupeur concise devant le paquebot réduit à l'état de carcasse. Alfred de Vigny les met tous d'accord, en écrivant que Chambord est un « songe réalisé », un « château magique ». Quand l'empereur Charles Quint prit congé du « résumé de l'industrie humaine », une escorte royale l'accompagna jusqu'à la frontière des Flandres. Le Royaume et l'Empire connurent un temps de paix : l'« effet Chambord ».

Hier soir, pendant le son et lumière « Les métamorphoses de Chambord » offert en avant-première aux professionnels du tourisme de la région Centre, je reçois cette confidence du préfet de Loir-et-Cher, qui naguère occupa des fonctions au Commissariat à l'énergie atomique : « Si tu savais l'impression que j'ai de tourner en rond, de n'avoir de prise sur rien ! » (il me semble même qu'il a dit : « De ne servir à rien ! »). Les préfets s'ennuient : le secret est bien gardé...

Il pleuvait, nous cédâmes à une voluptueuse morosité. La France, ai-je ainsi affirmé au préfet qui s'ennuie, aura été une grande aventure humaine, une aventure qui aura duré quinze siècles, qui aura beaucoup apporté au monde. Le château, par exemple. Après tout, avoir tenu quinze siècles et fait tout ça, ce n'est déjà pas si mal. Mortifiante pensée, certes, pour des fonctionnaires de la République française, que de vivre à l'instant où cet astre s'éteint ; mais après tout il y a eu aussi des époques de famine ou de guerre. Chaque génération doit accepter de porter une croix bien à elle. Le préfet m'a répondu en substance qu'il était de mon avis. Il existe, ainsi, des soirs de spleen politique partagé ; curieusement, ce ne sont pas les plus désagréables.

Le printemps ne cesse d'avoir des rechutes : quand il cesse de pleuvoir, c'est qu'il se remet à faire froid.

28

Querelles d'amour-propre.
« Tout finit bien, puisque tout finit. »

Printemps pluvieux. Retour d'une réunion au Centre de monuments nationaux, où j'ai tenté en pure perte de convaincre mes interlocuteurs de mettre en réseau les services de communication de Chambord et de Versailles. Hubert Astier, le président de Versailles, est d'accord. Mais ça ne suffit pas. « Que rien ne bouge ! » est ici la doctrine générale. Ah ! l'administration culturelle. Monde moins structuré, mais aussi brutal et plus impitoyable même que celui de la Santé que je connais. Entrer dans la gestion d'un hôpital, c'est entreprendre un voyage au centre de la souffrance. À la Culture, pas de maladie, pas de mort, pas d'aménagement du territoire, pas de milliards d'euros : ce sont des querelles d'amour-propre.

Inauguration avant-hier d'une exposition sur l'architecture militaire médiévale au château de Langeais avec Pierre Messmer — souriant comme un poupon — et Favier, qui donnait des explications éblouissantes. L'Institut me laissait l'impression d'une dernière lueur de civilisation en train de s'évanouir, et qui fait mine d'être encore un grand soleil. Cette image m'a tarabusté toute la journée. Toutes les faiblesses françaises me blessent ces temps-ci, cette impression qui m'habite de n'être pas à la hauteur des anciens, brutaux et angéliques, qui conduisaient la France jusqu'au Rhin et glorifiaient Dieu en mettant avec art des pierres les unes sur les autres. Je me dis : si tous les hommes étaient comme moi, nous en serions encore au Paléolithique. Nous énoncerions des platitudes dans des grottes.

Ces jours-ci tout m'atteint comme jamais. Je me répète : « Le cuir durcit ! » mais ce n'est pas vrai. Je souffre autrement, voilà tout. Je me raccroche, en désespoir, à ce mot de Chardonne : « Tout finit bien, puisque tout finit. » Brigitte me dit que ce n'est pas nouveau, et que, depuis qu'elle me connaît, je ne quitte un tracas professionnel que pour en subir un autre. M'en voilà rassuré.

29

Une lettre de Pompidou. Un été. Un colloque.

Au cours d'une des « opérations rangement des placards » que je mène de temps en temps dans mon bureau, j'ai découvert dans un dossier de l'Office national des forêts la copie d'une lettre de Pompidou adressée le 17 juillet 1970 à Jacques Chaban-Delmas. La voici :

> « Mon cher Premier ministre,
>
> » J'ai eu par le plus grand des hasards communication d'une circulaire du ministère de l'Équipement — direction des routes et de la circulation routière — dont je vous fais parvenir une copie.
>
> » Cette circulaire, présentée comme un projet, a en fait déjà été communiquée à de nombreux fonctionnaires chargés de son application puisque c'est par l'un d'eux que j'en ai appris l'existence.
>
> » Elle appelle de ma part deux réflexions :
>
> » La première, c'est qu'alors que le Conseil des ministres est parfois saisi de questions

mineures telles que l'augmentation d'une indemnité versée à quelques fonctionnaires, des décisions importantes sont prises par les services centraux en dehors de tout contrôle gouvernemental.

» La seconde, c'est que, bien que j'aie plusieurs fois exprimé en Conseil des ministres ma volonté de sauvegarder "partout" les arbres, cette circulaire témoigne de la plus profonde indifférence à l'égard des souhaits du président de la République. Il en ressort, en effet, que l'abattage des arbres le long des routes deviendra systématique sous prétexte de sécurité. Il est à noter par contre que l'on n'envisage qu'avec beaucoup de prudence et à titre de simple étude le déplacement des poteaux électriques ou télégraphiques. C'est que là il y a des administrations pour se défendre. Les arbres, eux, n'ont semble-t-il d'autres défenseurs que moi-même et il apparaît que cela ne compte pas.

» La France n'est pas faite uniquement pour permettre aux Français de circuler en voiture et, quelle que soit l'importance des problèmes de sécurité routière, cela ne doit pas aboutir à défigurer son paysage. D'ailleurs, une diminution durable des accidents de la route ne pourra résulter que de l'éducation des conducteurs, de l'instauration de règles simples et adaptées à la configuration de la route, alors que la complication est recherchée comme à plaisir dans la signalisation sous toutes ses formes. Elle résultera également de règles moins lâches en matière d'alcoolémie, et je regrette à cet égard que le gouvernement se soit écarté de la position initialement retenue.

» La sauvegarde des arbres plantés au bord des routes — et je pense en particulier aux magnifiques routes du Midi bordées de platanes — est essentielle pour la beauté de notre pays, pour la protection de la nature, pour la sauvegarde d'un milieu humain.

» Je vous demande donc de faire rapporter la circulaire des Ponts et Chaussées, et de donner des instructions précises au ministre de l'Équipement pour que, sous divers prétextes (vieillissement des arbres, demandes de municipalités circonvenues et fermées à tout souci d'esthétique, problèmes financiers que posent l'entretien des arbres et l'abattage des branches mortes), on ne poursuive pas dans la pratique ce qui n'aurait été abandonné que dans le principe et pour me donner une satisfaction d'apparence.

» La vie moderne dans son cadre de béton, de bitume et de néon créera de plus en plus chez tous un besoin d'évasion, de nature et de beauté. L'autoroute sera utilisée pour les transports qui n'ont d'autre objet que la rapidité. La route, elle, doit redevenir pour l'automobiliste de la fin du XXe siècle ce qu'était le chemin pour le piéton et le cavalier : un itinéraire que l'on emprunte sans se hâter, en en profitant pour voir la France. Que l'on se garde de détruire systématiquement ce qui en fait la beauté.

» Veuillez agréer, mon cher Premier ministre, l'assurance de mes sentiments les meilleurs.

» G. Pompidou. »

L'homme des « voies sur berges » était un ami des arbres. Voilà qui nuancera bien des idées reçues ! Il était aussi un amoureux de la beauté. Et il écrivit cette lettre à l'humour teinté d'amertume au début de l'été 1970, dernier été d'un âge d'or de la beauté française.

Cette date, juillet 1970, me fait rêver car j'en garde un souvenir extraordinairement précis. En juillet 1970, quand Pompidou écrivait sa lettre, mes parents m'avaient envoyé en Auvergne, au lieu-dit La Font-Sainte, pour un camp de jeunes tenu par un jésuite dictatorial. J'avais douze ans. La route d'Aurillac, bleue à ligne jaune et bordée tantôt de platanes, tantôt d'ormes, me conduisit dans la 2 CV familiale jusqu'au lieu de camp où l'on m'abandonna. Je connus dans ces montagnes la période la plus ennuyeuse et la plus stressée de ma vie. Les vacances couraient à toute vitesse vers leur fin et je ne les vivais pas. Cette impression d'hémorragie du temps aussitôt que les vacances ont commencé, je l'ai ressentie tous les ans, mais jamais à ce point.

À mon retour à la maison, début août, je me rappelle que mon grand-père, qui pratiquait alors le métier de ministre des Affaires culturelles et ne venait que pour de courtes vacances, hébergeait un vieux monsieur grognon, parlant sans cesse de politique, s'occupant d'un journal, et appelé Beuve-Méry. J'entends ma grand-mère affirmer en aparté, mais tout de même assez fort, après le dîner, sur la terrasse : « Il nous casse les pieds. Il est dépressif. » Un horizon orangé éclairait les collines. Le lendemain, mes grands-parents avaient conduit le monsieur dépressif pour visiter Sarlat, à une heure d'Ami 6 de la maison. Ma grand-mère était revenue de mauvais poil : « Il ne s'est intéressé à rien ! Il s'est plaint des virages… »

Ensuite, des orages avaient éclaté, la chaleur était revenue mais un ton en dessous, et avec une lumière un peu plus pâle, comme surexposée. Tout était pareil et tout avait changé : les grandes vacances couraient vers leur déclin. Mauriac, qui était l'objet d'un véritable culte à la maison à cause de ses *Blocs-notes* et de son *Adolescent d'autrefois*, mourut un peu avant la rentrée des classes. La télévision montra ses obsèques. Mon grand-père, rentré à Paris, lisait tout essoufflé un discours d'adieu devant une foule endeuillée. Puis, dans un été prolongé d'une luminosité radieuse, ce fut le retour au collège et presque aussitôt mon grand-père tomba vraiment malade. Il mourut avant la Toussaint, par un temps éclatant. Des gens arrivèrent de partout.

Un mois encore et nous regarderions à la télévision la voiture militaire plate comme un scarabée, à grosses roues, qui conduirait le cercueil du général de Gaulle au cimetière de Colombey. Les grandes personnes étaient affligées, et moi aussi. Quelque chose était à jamais fini : de Gaulle vénéré sans réserve, Mauriac dont les grandes personnes s'arrachaient les articles, mon grand-père avec qui j'avais eu une complicité unique, en quelques mois nous avaient laissés seuls. Mon enfance aussi me laissait en rade. J'étais entré en cinquième et notre professeur principal, M. Garrigou, nous avertissait chaque matin : « En cinquième, on ne s'amuse plus. » Il ne croyait pas si bien dire.

Les dominicains de Lille m'ont invité à parler de mon grand-père dans le cadre d'un cycle de conférences sur les chrétiens et la politique. J'y suis allé sans bien savoir ce que j'allais dire. Les colloques sur Edmond Michelet me sont une épreuve. Plus j'entends parler d'Edmond Michelet et plus le souvenir que j'en ai se corrompt. Au moment où je préparais mon propos dans le TGV qui me conduisait vers les dominicains, une image très forte et en même temps inavouable m'est revenue : mon grand-père sur le perron de la maison, occupé à invectiver le chien, des petits enfants qui courent partout, et moi, âgé de sept ou huit ans, qui me dis en moi-même :

« Jamais je ne voudrais être comme lui ! Jamais à la tête d'une famille nombreuse ! Jamais ! » C'est raté.

Ce qui me plaisait chez lui, ce n'était pas le *pater familias*, mais l'homme libre, qui allait partout, passait du temps dans le train ou en voiture, arrivait triomphant, et qui, lorsque le téléphone sonnait, soupirait « encore un casse-pieds », mais demandait aussitôt qu'on avait décroché : « Qui est-ce ? » avec gourmandise. Il chantait : « Le pinard, c'est de la vinasse, ça fait du bien là où ce que ça passe. » Il jouait au piano les trompettes d'*Aïda*, debout, avec deux doigts. Il avait ce travers, propre aux hommes politiques, d'exiger que tout le monde l'aimât. « Embrasse-moi sinon je m'arrête ! » Il prenait parfois à part un de ses petits-enfants, lui demandait : « As-tu une tirelire ? » et lui tendait un billet de cinquante francs. Les parents protestaient, ça l'amusait. L'art d'être grand-père, c'est aussi l'art de mettre les parents dans une situation impossible. Je ne l'ai pas dit au colloque.

30

Une exposition ratée.
La silhouette des gens célèbres devenus vieux.

Inauguration tout à l'heure de l'exposition de photographies *Images au Centre* avec l'état-major du conseil régional et du Centre des monuments nationaux. Malaise : débauche de moyens pour cette exposition à gros budget organisée contre mon avis, vains discours, sentiment même d'escroquerie. Après un regard distrait sur un mauvais accrochage (soyons honnête, peut-être que si seulement on avait demandé mon avis plus gentiment je ne le trouverais pas si mauvais), tout le monde s'est précipité vers le buffet. Un invité est parti avec une bouteille de champagne sous le bras. Brigitte est scandalisée.

Cabana a été enterré il y a quelques jours. Voici maintenant plusieurs mois, il était venu pour sa dernière battue aux sangliers à Chambord. Déjà sec de nature, il était cette fois d'une maigreur terrible. Entre deux traques, il allumait l'un après l'autre ces cigarillos qui le faisaient mourir. Il se savait condamné et jouait au monsieur bien portant avec un courage si héroïque qu'il mettait les autres mal à l'aise. Il se fit charmeur comme jamais. Un cerf dérangé par les rabatteurs manqua de lui sauter dessus. Il parla de l'époque où nous avions « trimé ensemble », sur un ton qui me fit chaud au cœur. Et je songeai à ce miracle du temps qui, passant, donne aux époques révolues des allures de paradis perdu.

Une foule se pressait à l'église Saint-François-Xavier pour ses obsèques. Ses anciens collaborateurs étaient là, Brigitte Girardin, Jean Ganiage (je ne vois pas Mondésert) et aussi les Chirac, les Juppé, Lellouche, Landrieu, Larché, Toubon, Jean-Pierre Denis. Un dominicain théâtral crut bon dans son homélie de faire le portrait idéal d'un personnage sans aspérités, quand on aurait aimé qu'il parlât d'un homme insatisfait de tout, capable d'annoncer ses colères une heure à l'avance. Dans l'église, l'assemblée ne répondait pas au célébrant, ne reprenait aucun cantique, ce qui avait pour effet de me clore le bec. Je n'ose pas chanter seul (et pourtant, cette parole du Christ me hante : celui qui aura rougi de moi, je rougirai de lui...). Vue de dos (j'étais au fond), la petite foule trop bien habillée, aux nuques repues, aux pardessus cossus, recelait nombre de ces silhouettes à la fois déjà vues et difficiles à identifier, qui sont celles des gens célèbres devenus vieux.

31

Du malheur de n'être pas vieux. La saison du confort. L'hiver à Chambord. Idées reçues. La vie privée des grands hommes.

Le givre de décembre sur les arbres du parc, la brume figée au-dessus des douves, l'immobilité de l'air qui me fait entendre, depuis la ferme de l'Ormetrou, les cris d'un chien aussi clairs qu'un marteau frappant une enclume, ce bonheur mélancolique parce que le soleil est anémié, et que je me morfonds dans ce bureau sinistre, et que je parle trop fort, et que je me livre à ce jeu éternel dont la règle se résume au slogan : *Soyons durs ! Soyons cyniques ! Soyons impitoyables !* Voilà qui me fait songer à un autre hiver plus glacial et plus silencieux, qui est l'hiver politique.

Si seulement je pouvais être vieux ! Si seulement j'avais le droit d'écrire : « À mesure que l'âge m'envahit, la nature me devient plus proche » ! Si seulement je pouvais entonner la chanson du vieil homme détaché des entreprises, sentant venir le froid éternel, guettant dans l'ombre la lueur de l'espérance… Mais je suis jeune, *encore* jeune, ce qui est pire que tout. Je me dois de barboter dans le marigot.

La politique, ma génération n'a pas eu beaucoup de bonheur avec elle. Je suis né gaulliste comme on naissait monarchiste sous les débuts de la IIIe République : trop tard. Je suis doublement exilé de mon enfance, parce que j'ai grandi et que la France a rapetissé. Horace explique dans une épode qu'on ne parle bien de gastronomie que le ventre vide.

L'hiver me donne envie de parler de l'été, ce paradis perdu dont les soirs hideux de décembre se murmurent le souvenir au milieu des feuilles pourries. Pour de Gaulle, le plus beau titre de la littérature était justement *Les Grandes Vacances*, de la comtesse de Ségur, née Rostopchine. « Les grandes vacances, disait-il, les grandes vacances, tout un programme ! » Jamais je ne me sens autant gaulliste qu'en apprenant ce genre d'aveu.

Puisqu'on parle bien de gastronomie le ventre vide, l'envie me prend de parler politique. Avec de Gaulle la politique a connu la vive clarté de nos étés trop courts. Rimbaud détestait l'hiver parce que c'est la saison du confort. Les grandes vacances perdues sont un jardin inondé de lumière. C'est en hiver que nos enfances se rappellent à nous comme une blessure familière ; en hiver que nos mémoires s'allongent dans l'herbe assourdissante de grillons.

L'hiver, à Chambord, c'est la nudité. C'est l'effacement de tous les cache-misère. Les haies ne dissimulent plus rien, la terre est rongée jusqu'à l'os, le regard fouille jusqu'aux tas de cailloux et aux ferrailles rouillées que, dans les fourrés, des forestiers d'autrefois ont abandonnés. Les écuries du maréchal de Saxe ont perdu les feuilles de leurs tilleuls, ces cache-sexe, et le décor apparaît comme de dos, côté cour, coulisses mal tenues du château frigorifié. Pas un fil de fer, pas un piquet, pas une pierre abandonnée des bâtisseurs n'échappent à la vue. Chambord se fait squelette. La forêt avoue sa misère. Pour un amoureux des paysages tropicaux et de leur verdure perpétuelle, les arbres dépouillés sont un scandale.

En été, le bonheur n'a pas de conscience de soi. Lorsque j'étais adolescent, un aumônier nous expliqua que le bonheur est un sort réservé à ceux qui se moquent bien d'être heureux, à ceux qui ont pris le parti de croire en quelque chose. C'était la dernière semaine avant la sortie, les fenêtres de la classe étaient ouvertes. Les martinets piaillaient dans l'azur au-dessus de la cour désertée où traînaient quelques sacs, chacun brûlait du désir de partir sans attendre la cloche.

Et puisqu'il s'agit de croire en quelque chose à la veille de l'été, je songe à cette réplique non pas d'Alain, mais de Romain Gary dans un de ses romans : « Le bonheur, ce n'est jamais qu'un bon moment à passer. » Quelle montagne nous nous faisons d'une si petite chose !

La démocratie a bouleversé les destins politiques. Nous, le peuple, désormais nous mettons du papier dans des urnes, de moins en moins, en vérité, et sans beaucoup de joie, mais là n'est pas le plus spectaculaire : le plus effrayant, c'est que désormais tous les hommes politiques ont désiré l'être. Même les héritiers se sont battus pour avoir des suffrages. Ils ont dépensé de l'argent. Ils ont sacrifié du temps. Ils ont serré des mains. Ils ont perdu des amis. Ils ont frappé. Ils ont mordu. Depuis que la politique est devenue une vocation choisie, les hommes au service de la cité ont en commun ce goût du sang.

Les idées reçues, les lieux hérités, les fonctions transmises de père en fils donnaient jadis au bonheur politique l'image d'un devoir. Certes, s'il faut aujourd'hui se disputer pour accéder à l'esclavage du pouvoir, c'est de tout temps qu'il a fallu se battre pour le garder. Nul n'a jamais régné innocemment. Quelle génération n'a assassiné son duc de Guise ? Mais du temps qu'on ne votait pas, les caractères politiques étaient plus variés, car il existait des hommes politiques malgré eux, qui donnaient du mystère et de l'humanité à la condition de politicien.

Que serait devenu Louis XIV s'il avait été fils de drapier ? Bien savant qui répondrait : non pas drapier comme son père, mais conseiller au Parlement de Paris, mais ministre du roi. Et Louis XVI ? Et le comte de Chambord ? « Pourquoi suis-je empereur, pourquoi suis-je amoureux ? » Depuis que nous sommes censés choisir nos gouvernants et décider nous-mêmes de nos passions, nous avons perdu le droit de pousser le soupir de Titus. Il n'y a plus d'égaré en politique. Les herbivores ont déserté les steppes du bien commun et, maintenant, des prédateurs parcourent au galop les formes supérieures de la charité comme des meutes de loups dans les plaines glacées de nos âmes.

La plupart des hommes politiques d'aujourd'hui le sont devenus parce qu'ils ressentaient plus que d'autres le besoin d'être aimés ; et aussitôt qu'entrés en politique, ils ont expérimenté ce que c'est que d'être plus que les autres haïs. Ils peuvent bien clamer dans les dîners : « J'ai le cuir épais ! » La vérité, c'est qu'ils n'ont pas de cuir, et qu'ils se battent parce qu'ils n'ont pas de cuir. Ils sont des écorchés qui n'auraient pas engagé le combat si le regard des autres leur avait été aussi indifférent qu'ils croient. Ils sont de la race étrange des prédateurs sans carapace.

Voilà pourquoi, dans les démocraties modernes, le politicien résume le genre humain dans ce qu'il a de plus humain. Voilà pourquoi il est de bon ton de fustiger la pensée unique alors que la pensée unique n'est rien : le seul drame, c'est la condition humaine unique, le profil unique des quémandeurs de voix. La vie privée des grands hommes était le sujet qui inspirait à Proust sa plus grande indulgence, mais il n'y a plus de grand homme et plus de vie privée. Les politiciens ne doivent plus s'attendre à aucune pitié.

32

Pensées médiévales.

Ce matin, la forêt était couverte de glace. Le soleil, orange, s'est levé dans un ciel blanc. Tout était gelé. Les flaques craquaient sous mes semelles quand je suis venu à mon bureau. De chaque maison montait un panache de fumée, tout droit. Les masures accroupies pour échapper au froid, entourées d'arbres noirs, m'ont fait penser à un paysage d'hiver peint par Breughel. Et moi, je me courbais en marchant comme un personnage moyenâgeux.

33

Une battue au lièvre. Maurice Druon.
Chirac et la chasse.

Aujourd'hui est organisée près du château une chasse à courre. Au lièvre. À pied. Le temps est comme celui d'hier, avec du brouillard en plus. Il règne un froid de loup. Sous nos pas les labours sont durs comme de la pierre. Les mares sont gelées. L'hiver règne en maître, un hiver sec et lumineux. Le matin, les herbes sont cassantes comme du verre. Chaque jour, vers onze heures, un soleil rouge traverse le brouillard, fait fondre la gelée par places et, quelques heures après, dans l'après-midi, aussitôt que le soleil s'enfonce derrière des arbres noirs, la terre durcit à nouveau, et la nuit tombe à toute vitesse, dans des lueurs roses et argentées.

À neuf heures du matin nous avons découplé une meute de vingt chiens dans les prairies à l'ouest du château. Pas de chevaux, pas de tenues rutilantes, pas d'invité de marque : des vestes huilées, des bottes en caoutchouc, des moufles. Le brouillard donnait aux silhouettes quelque chose de fantomatique. Le rapproché a commencé : un récri hésitant, puis deux, puis trois, poignants comme des plaintes. La meute compacte et souple. La terre qui colle aux bottes. Des fouets dans la pénombre.

La voie se réchauffe. Une trompe majestueuse, celle de Pierre Charpentier, sonne le lancé. Le bouquin traverse les labours de l'Ormetrou comme un boulet de canon pendant que le brouillard se déchire et qu'au loin apparaissent les lanternons du château. La meute tout entière empaume la voie. Bouffée d'émotion. L'animal passe la Boile, descend vers les parkings, cherche le change, se forlonge. Hubert Brousseau fait les devants pendant que les suiveurs tiennent les hauts du tertre, mains dans les poches, tant il fait froid. Les chiens refusent la voie d'un lièvre de change qui nous part dans les pieds. Le défaut est travaillé comme il faut : les devants, les arrières.

Relancé près du Cosson, le capucin d'attaque refuse le goudron, prend le labour en direction de son lancé. Il n'a pas le choix parce que le bout du champ est clôturé. Il est coiffé par les chiens sur le chemin de la ferme. Curée chaude devant la grange. Les honneurs à Francis Forget. Le lièvre pour MM. Fortin, fermiers. En entendant les trompes et les chiens, Guy Brousseau, un très grand piqueux qui se souvient d'avoir connu, enfant, les dernières chasses à courre au cerf à Chambord au lendemain de la guerre, s'excuse d'essuyer une larme. « J'ai trop de souvenirs, monsieur. » Les Fortin ont mis des tables sur des tréteaux dans leur grange, déployé un festin, mis leur bernache en carafe. Un morceau de très vieille Sologne, pour quelques heures, renaît.

Chambord fut naguère pour la chasse à courre un paradis. Le réseau de layons et d'allées — plus de trois cents kilomètres en tout —, les carrefours en étoile (le maréchal de Saxe exultait : « Il n'y a que cent pas d'un carrefour à l'autre »), les étangs en chaîne, les clairières vastes, les percées vers le château : tout en fait un fond de toile pour Oudry. Dès ma première sortie en forêt, l'idée m'était venue de remettre à l'honneur ce mode de chasse ici. On a chassé à courre le cerf à Chambord des origines jusqu'à un certain mardi de mars 1947, où un ultime daguet fut pris par l'équipage de Vouzeron-Sologne, et servi par M. Maurice Druon en personne. Ensuite, il y eut la réserve de chasse, et l'on passa à la chasse à tir des cerfs et des biches en surnombre, qu'on dénomma avec pudeur : tirs de sélection. Mais en théorie, rien n'empêchait de chasser à courre à nouveau dans le parc. Je me suis décidé à prendre le taureau par les cornes ou, si l'on préfère, le cerf par les andouillers. Je prends ma canne et mon chapeau.

Première étape : M. Maurice Druon. Il n'est plus secrétaire perpétuel mais il habite encore quai Conti, au milieu des reliures et des coffres à cigares, où il m'accueille avec un enthousiasme sonore. « Ah ! C'est vous qui donc succédez au maréchal de Saxe ! » Druon me propose un cigare (je refuse), raconte son dernier laisser-courre à Chambord, conduit en petit comité, sans les boutons parisiens, un mardi, par le grand piqueux Laverdure qui servit de modèle à La Brisée dans *La Chute des corps*. L'écrivain se rappelle un grand daguet avec des perches en forme de lyre, le château au bout des avenues, et ce sentiment, comme le soir venait, d'accomplir un geste doublement crépusculaire en servant ce dernier cerf d'une dernière chasse à la tombée d'un jour finissant dans la pluie, terme d'une tradition continue de cinq siècles que François Ier avait inaugurée et que lui, Druon, achevait. Il arrête son récit. Il soupire. « *Non sum dignus !* » Il n'est plus très sûr que ce fût un daguet : « Peut-être une deuxième tête... » Il me dit pour finir : « Chambord est fait pour la vénerie. Réintroduisez des chasses à courre. Je vous aiderai. Même si je dois téléphoner au pape ! »

Deuxième étape : j'ai pris rendez-vous avec le président de l'Office national de la chasse et de la faune sauvage, M. Renaud Denoix de Saint-Marc. Denoix de Saint-Marc n'est pas un homme ordinaire. De lui émane une onde de liberté. Cet homme-là a une campagne, la chose saute aux yeux, et cependant il supporte avec élégance un exil harmonieux au Palais-Royal. Il a pensé à faire mettre le chiffre 24, celui de la Dordogne, qui lui est chère, sur la plaque minéralogique de sa voiture de fonction. Il connaît la chasse mieux que personne. Mais il ne me propose pas de cigare et me tient un discours d'un autre ton que celui de Druon : « Si vous faites une chasse à courre à Chambord, me dit-il, vous vous amuserez un moment, mais ensuite vous aurez tous les écologistes sur le dos. Avec un bel article dans *Libé* sous le titre "À Chambord, le commissaire se prend pour Louis XV". Cela pourrait déplaire. À votre place, je réfléchirais. » S'engager à réfléchir, dans la bouche d'un haut fonctionnaire, c'est déjà dire non.

Troisième étape : visite au président de la société de vénerie, M. Philippe Dulac. Dulac est un inspecteur général des finances atypique, homme de chien et de cheval. « Évidemment, dit-il, découpler en forêt de Chambord, ce serait une merveilleuse aventure. Mais ne serait-elle pas trop risquée ? On ne parle guère de la chasse à courre en France en ce moment, à la différence de l'Angleterre où des écologistes veulent l'interdire. Je me demande s'il ne serait pas dangereux de mettre le sujet sous les projecteurs. »

Quatrième étape : je contourne l'obstacle. J'interroge le comité scientifique et cynégétique de Chambord sur l'idée d'organiser chaque année une journée du patrimoine cynégétique, ouvrant gratuitement à tout le parc de Chambord le temps d'une chasse à courre au cerf organisée dans les règles, et clôturée par un concert de trompe. C'est un concert de dénégations qui m'accueille. « Ne faisons rien » : telle est, en résumé, la réponse du comité scientifique.

Cinquième étape : je frappe à la porte de Bertrand Landrieu, directeur de cabinet du Président et responsable des chasses ex-présidentielles. Depuis 1995 le président de la République a supprimé les chasses présidentielles comme il a supprimé le GLAM : cependant les sangliers n'ont pas plus disparu que les avions. Il faut assurer une gestion banalisée, ce dont Landrieu s'occupe avec doigté, au moins pour ce qui relève des sangliers. Landrieu est un homme direct et sceptique, qui flaire de loin les dangers. Il avait déjà pris l'avis de Denoix de Saint-Marc. « Je vous demande, me dit-il, de penser à autre chose. »

Sixième et ultime étape : le président Chirac. Chirac aime les chasseurs parce qu'il aime les gens ; cependant il n'est pas très chasse. « La chasse à tir, me fait-il, je sais ce que c'est. Il faut réguler les populations d'animaux, Landrieu me l'a expliqué dix fois. Je n'ai rien contre les passionnés de chasse, même si ce n'est pas mon truc de tirer sur un sanglier qui ne m'a rien fait. Mais il y a des limites. Quand j'ai commandé un peloton en Algérie, il y avait des perdreaux qui nous partaient dans les pieds. J'ai interdit à mes hommes de leur tirer dessus. Je leur ai même dit : "Défense de tirer sur les perdreaux, sauf s'ils vous attaquent." Ils ont un peu râlé, mais c'était comme ça. Alors chasser à courre un cerf [il prononce : un cerfe] qui n'a rien demandé, non, franchement non. Trop décalé. »

Plus d'issue. Bien sûr, j'aurais pu organiser une chasse à courre au cerf à Chambord avant de rien demander à personne, mais tout le monde l'aurait su dans les vingt-quatre heures (tout le monde se vante, après une chasse à Chambord) et c'eût été fort ennuyeux. Il ne restait qu'une solution, renoncer pour un temps au courre du cerf et me rabattre sur le lièvre dans les parcelles clôturées louées aux fermiers. Et donc pour finir, un matin d'hiver, par temps de brouillard, une meute de vingt chiens servis à pied fut découplée à l'Ormetrou.

34
Vœux impossibles.

2 janvier. Les vœux. Au bureau, tout le monde a parlé de ses projets, autour d'un verre de vouvray. J'ai fait part à mon tour de mes trois résolutions pour la nouvelle année : trouver des crédits pour remplacer le standard téléphonique, me remettre au sport, et ne plus me fâcher avec Jacques Renard. Le sport, pas de problème. J'irai courir autour des douves tous les matins. Jacques Renard, ce sera plus compliqué. Renard est président du Centre des monuments nationaux, l'organisme qui assure depuis Paris la gestion quotidienne du château, et l'existence d'un commissaire à l'aménagement lui est, à ce qui me semble, de plus en plus difficilement supportable. Quant au standard téléphonique, c'est le mistigri. Il y a une telle superposition d'installations que personne ne sait par quel bout commencer et les devis sont effroyables.

35

Froid.

Mi-janvier. Ce matin, il fait un froid très vif et une nuit très noire. Le trajet à pied depuis le château jusqu'aux Réfractaires me rappelle une impression d'hiver à Verdun, pendant mon service militaire. Me revient en mémoire un tir de nuit que nous avons fait sur le terrain de manœuvre le 8 décembre 1980, sous la neige, et la mention que j'en avais faite dans mon journal, où je notais que c'était le soir de l'Immaculée-Conception. J'ai jeté ce journal quelque temps plus tard, pour tourner une page sentimentale dont je n'étais pas très fier, et c'est bien dommage. J'ai été un jeune homme pur et dévoré, qui aurait bien des leçons à donner à l'homme installé d'aujourd'hui. Il me semble même que j'écrivais moins laborieusement.

36

Une aquarelle de Karl Reille. Chopin à Nohant.
Comment prendre l'amour au sérieux.
Maupassant a-t-il exagéré ?

Février. Ces histoires de chasse à courre en forêt de Chambord me tarabustent. D'autant que de l'autre côté du mur du parc, dans la forêt domaniale de Boulogne, l'équipage de Cheverny courre le cerf sans vergogne. Certains soirs, depuis mon bureau, il me semble entendre les récris apportés par le vent. Mardi dernier, j'ai fait l'école buissonnière. J'ai rejoint l'équipage. Laisser-courre presque confidentiel. Nous n'étions que quatre cavaliers au rendez-vous : le maître, Charles Antoine de Vibraye, veneur d'une vivacité peu commune sonnant avec sa trompe de véritables charges de cavalerie, ses deux piqueux, l'invité. Serrés les uns contre les autres au centre d'un vaste carrefour forestier, tout petits sous les grands chênes comme dans une aquarelle de Karl Reille, nous avons religieusement entendu le rapport. Pas grand-chose d'ailleurs : des biches, un daguet fuyant... Un bouton parisien a rejoint en cours de chasse. Comme le laisser-courre a été arrêté près du pavillon de Bracieux, j'ai retraité à cheval. En arrivant à Chambord, j'ai pris soin de passer derrière les arbres pour n'être pas aperçu par Dania, mon assistante, depuis les fenêtres des bureaux. Je lui avais sobrement dit que j'étais appelé « sur le terrain ». Elle n'est dupe de rien. Le lendemain matin, elle m'a demandé d'un air entendu : « Alors, votre cerf court-il toujours ? »

Lorsqu'on vient de Chambord, Nohant se trouve à quelques kilomètres après Châteauroux, route de La Châtre. Nous y allons avec Brigitte, nous arrivons trop tard, la dernière visite guidée de la maison est déjà partie. Le parc reste ouvert, et aussi la librairie où une *polonaise* est mise en sourdine, comme du grégorien dans une boutique de monastère.

Il est impossible d'écouter Chopin sans désirer entrer dans cette maison de Nohant où il a été si heureux. Mais y a-t-il été si heureux ? Les soirs d'été où Delacroix peignait au son d'un *nocturne* en train de naître, à quelques mètres de George Sand ahanant comme un terrassier sur *La Petite Fadette*, la souffrance de Frédéric venait du fait que c'était Solange qu'il aimait : il était amoureux de la fille et aimé de la mère.

De tels malentendus ont vite fait de tourner à la catastrophe quand ils sont vécus dans la proximité, même si l'écrin de cette promiscuité est une maison de rêve avec des murs couverts de vigne vierge, des rosiers et de grandes fenêtres, et que la scène se passe en plein mois d'août, en plein XIXe siècle. Être aimé d'une personne que vous ne voyez pas, en aimer une qui ne vous voit pas : malheur quotidien. Aimer sans retour, cela se peut. Cela nous brûle et nous tire vers le haut. Mais subir l'amour d'une créature sans rien éprouver en retour, voilà qui nous rend mesquin, et même méchant. Une amoureuse que nous n'aimons pas, nous ne la trouvons pas touchante, mais ennuyeuse. Être aimé n'a jamais grandi personne. Mais cela en a rapetissé plus d'un.

Je me demande quelle serait ma conception de l'amour humain si le Christ n'était pas ressuscité, s'il n'avait pas dit : « Ce que Dieu a uni, que les hommes ne le séparent pas », si je n'étais pas chrétien. Plus je me le demande, et plus il me semble qu'elle serait la même. L'amour humain est le seul absolu qui nous soit proposé, abstraction faite de toute transcendance.

Être absolument fidèle, être absolument libertin : les deux seules façons de prendre l'amour au sérieux. Pas d'autre choix. Paradoxalement, le plus paresseux des deux modèles, c'est le libertin, et le plus ascète, c'est aussi libertin. Il faut beaucoup de travail pour être fidèle, mais on y prend beaucoup de plaisir. Rien n'est plus détestable que ces fidèles besogneux ou ces séducteurs à éclipse. Les smicards de l'amour, ce sont ces hommes qui s'imaginent qu'une vie, c'est la rencontre de quatre ou cinq femmes et autant de petits frissons catastrophiques. La vraie vie, c'est une seule femme ou alors trois cent cinquante femmes (ou plutôt cinq cents, comme Maupassant. Mais peut-être que Maupassant a exagéré). J'écris cela mais c'est de la théorie : la vérité est que je suis amoureux de ma femme, ce qui m'épargne bien des soucis.

37

« Une fille pour l'été ». La curiosité affective des femmes. L'impression bizarre d'avoir vieilli.

La pluie ne cesse pas qui pourrit les juillets de Chambord. Lorsque, enfin, le soleil prend le dessus, un peu trop tard, les vacances ressemblent à un film de Tavernier dont nous aurions manqué la première demi-heure. D'où viennent ces herbes trop hautes ? Et ces arbres saouls ? Et ces regards tragiques à la terrasse de l'hôtel du Grand Saint-Michel ? En été, les créatures s'épient plus qu'à l'ordinaire. Elles se guettent. Le temps plus qu'en toute autre saison s'écoule trop vite. Les jours raccourcissent. Les agendas sont plus lâches, mais les cœurs plus pressés.

Cet affût général est résumé par un titre de Maurice Clavel : *Une fille pour l'été*, et une injonction de Toulet : « Prends garde à la douceur des choses. » Dans la vie il faut boire ou conduire. L'été est propice à la conduite en état d'ivresse, à l'imagination maîtresse d'erreur et de fausseté, à l'éclosion de cette merveilleuse curiosité affective des femmes, à ces confidences qu'en hiver nous prendrions pour des provocations. En été, on s'imagine qu'il faut être plus explicite car le temps va manquer. L'été est la saison de l'épilogue. L'été est la saison de l'urgence. Héritage bourgeois, cette manie hivernale de bâtir des projets à l'échelle d'une vie : dans dix ans, je fais ceci ; dans vingt ans, je fais cela ; pour la retraite, je m'installe dans le Var.

La sagesse est de ne jamais parler en décennie, jamais même en année. La sagesse est de comprendre qu'entre l'instant présent et l'éternité, il n'y a rien qui importe vraiment. Rien entre cette terrasse de café de l'hôtel du Grand Saint-Michel où je tente d'écrire et où même le fracas d'une mobylette me parle de bonheur (car il me rappelle que je suis dehors et qu'il fait beau) et la vie éternelle.

Impression bizarre d'avoir vieilli. Il me semble que je viens d'avoir à l'instant une seconde d'inadvertance et que, pendant cette seconde, vingt ans ont passé. Non, je ne suis plus en train de passer le bac au seuil de l'été, pressé d'étrenner mon nouveau vélo. Je suis à Chambord, je ne suis plus jeune. Je ne suis plus au matin de ma vie : en début d'après-midi.

38

Fins de siècle. L'escalier de sortie.
Athènes sous le consulat de Gracchus.

Noté ceci l'autre jour : au rendez-vous de chasse de la Hannetière, Jean-Paul Perdriel, technicien forestier, me fait part de sa colère parce qu'un ancien ministre socialiste, venu pour une partie de chasse à l'approche, ne lui a présenté qu'un doigt pour répondre à la main qu'il lui tendait (il est vrai que l'ancien ministre était encombré d'un côté par l'étui de son fusil, et de l'autre par un carton de trois bouteilles de côtes-du-rhône qu'il destinait précisément à Perdriel). Perdriel répète, en marmonnant pour lui-même mais assez fort pour que l'intéressé entende : « Il m'a déjà fait le coup l'année dernière. Il ne me serre même pas la main. Pour la peine, il ne verra aucun animal à tirer. »

L'invité n'a pas envie de rater sa chasse. Il encaisse sans rien dire, pose ses bouteilles de côtes-du-rhône sur le capot de sa Vel Satis et tend une main grande ouverte. « Bonjour, monsieur Perdriel ! » Perdriel et son invité sont montés dans la camionnette verte qui s'est éloignée dans le layon en cahotant. Pendant ce temps, autour de nous, les arbres pianotaient la gamme des ocres, du rouge vif des érables au jaune pâle des peupliers en passant par le brun tabac des chênes.

L'automne est une saison gaulliste : c'est le temps des semailles et cela exige de la foi. La France est sujette au rhume en automne. Depuis toujours elle a du mal avec les fins de siècle. Pas seulement la fin du IXe, qui vit le déclin carolingien. Pas seulement la fin du XIIIe, après la mort de saint Louis, quand Joinville écrivit : « Depuis qu'il est parti, les choses n'ont fait qu'empirer. » Pas seulement la fin du XIVe, quand son destin manqua de lui filer entre les doigts. Ne parlons pas du XVIIIe. Même le cossu XIXe siècle connut pour elle une fin languissante.

De 1881 à 1901, par exemple, cette grande nation libre, à l'abri de ses ministres radicaux à barbiche, de ses magistrats catholiques, de ses officiers royalistes et de ses professeurs libres-penseurs, de sa croissance « équilibrée », de sa langue universelle, de ses tarifs Méline et de ses créances sur le reste du monde, n'a pas vu que sa compétitivité s'effondrait, que son économie régressait en vingt ans du deuxième au quatrième rang mondial, que l'antisémitisme pourrissait ses débats politiques (tout se tient), eux-mêmes rapetissés par une vision provinciale de notre vocation. « Ni les bonnes volontés individuelles, ni les capitaux ne manquent en France. Tout se brise contre la mauvaise volonté administrative, le manque absolu de souplesse de notre machine. » Ces propos sont de Lyautey, de 1894.

L'escalier descendu par la France au cours des vingt dernières années du XXᵉ siècle l'aura, sur le coup, été tout aussi élégamment, peut-être parce que le confort des leaders d'opinion aura alors autant prospéré que celui des bourgeois pendant la Belle Époque. Comme disait Erik Satie : « C'est un grand escalier, il est très beau, il a au moins mille marches. »

On ne rejoue pourtant pas impunément, quelles que soient les rentes de situation qu'offrent l'histoire et la géographie, l'outrage à la raison perpétré par des législations mortifères comme le fut, en une autre fin de cycle, la révocation de l'édit de Nantes, qui mit en berne l'essor français au dernier quart du XVIIᵉ siècle. Par quelle ruse de l'Histoire faut-il qu'à l'automne de siècles le bon sens devienne la chose du monde la moins partagée au pays de Descartes ? La France des vingt dernières années de bien des siècles aura marché à tâtons dans des mondes qui lui échappaient. Le XIXᵉ siècle aurait dû être français, dans l'accomplissement des Lumières, si la France n'avait manqué la manœuvre dans les semailles de Brumaire. Et ce siècle prétentieux noirci de charbon n'a pas été le sien. Le XXe siècle aurait été allemand, si par deux fois l'Allemagne ne s'y était pas prise de la plus maladroite façon pour forcer le destin. Voilà pour l'Europe !

Le XXIe siècle ? Il se construit dans une grammaire qui n'est plus celle des maîtres que nous aimons. À la rentrée des classes de l'ère mondialisée, Paris se pose les questions d'un élève de province débarquant au pensionnat, ces questions qui agaçaient Athènes sous le tribunat de Tiberius Gracchus : faut-il aimer Rome ? Faut-il parler latin même à la maison ? La France aura de bonnes notes à la fin de l'année, comme toujours, mais d'ici là elle va en baver.

39

Rentrée littéraire.

Aucun épisode de l'Évangile, il me semble, ne se déroule en automne. La tradition enseigne que la Nativité a eu lieu en hiver, et les exégètes, au printemps. La Passion et la Résurrection se sont passées au printemps. Au printemps, la multiplication des pains au bord du lac, puisqu'il y avait de l'herbe pour s'asseoir. En plein été, la rencontre avec la Samaritaine, puisqu'il faisait très chaud. En été, la malédiction du figuier, qui aurait dû porter ses jeunes fruits. En hiver, la fuite en Égypte. Un soir de printemps, les ombres allongées sur le chemin d'Emmaüs. Les disciples glanent des épis mûrs, en juillet, mais point de raisin oublié des vendangeurs, en septembre.

L'automne n'est que la saison des écrivains. Non pas à cause de la rentrée littéraire (d'ailleurs c'est aussi la rentrée sociale, la rentrée politique et, tout bêtement, la rentrée scolaire), mais parce que l'écriture se fait plus féconde quand la nature se fait plus morose. Vous noircissez votre papier près du feu, et par moments vous vous assurez par la fenêtre que la nature est bien marron, couleur de la bourgeoisie. Les arbres en automne s'habillent chez Saillard. Les terres labourées se mettent au velours côtelé. Les corniauds prennent des poses de labrador. Les écrivains adoptent la veste pied-de-poule et le style cul-de-poule. Pour faire coucher le soleil, il leur faut trois pages, alors qu'en été trois mots auraient suffi. En automne les écrivains s'écoutent écrire parce qu'ils n'ont plus leurs admiratrices sous la main. Ils s'apitoient. Ils tendent l'oreille à leur propre musique.

40

Chasse à l'affût. Un remords de Pierre Moinot.

Du rond Zita au carrefour de la Thibaudière, le layon descend entre les chênes et les pins sylvestres. Des tapis de fougères emplissent les sous-bois. Une végétation luxuriante, faite de rejets de chênes, de bouleaux, de charmes envahit les engrillagements. Je marche le long de la clôture, l'air idiot parce que je porte un fusil.

Les engrillagements sont des parcelles d'une soixantaine d'hectares où la forêt se régénère à l'abri de la dent des animaux. On laisse les clôtures six ou sept ans, le temps pour les rejets d'être plus hauts que les cerfs, et ensuite on les déplace. L'autre jour un grand cerf est entré on ne sait comment dans un engrillagement de quatre-vingts hectares dans la parcelle du Galop, près de l'étang du Roi. Il ne veut pas sortir. J'y suis allé au lever du jour avec Dominique Odier et quelques chiens courants. Les chiens ont rapproché dans la lande. Odier, au loin, a sonné la vue. Le dix-cors, il a surgi juste après. D'abord ses grands bois noirs aux pointes toutes blanches ondulant au rythme de son galop au-dessus des taillis. Puis tout son corps. Il a survolé le layon deux mètres au-dessus du sol, la tête en arrière, les ramures repliées sur les épaules comme les ailes d'un grand oiseau, assez sûr de lui pour reprendre sa foulée dès que ses sabots ont effleuré le sol.

La chasse a tourné, est revenue. Les chiens chassaient si bien que je n'avais plus très envie de tirer sur ce cerf que j'étais venu tuer. J'ai fini par le faire sans mérite, à quarante mètres, avec une lunette. Pendant qu'Odier allait chercher la camionnette, j'ai attendu près du grand corps effondré. J'avais l'estomac habité d'un remords. Dans les yeux dorés du grand cerf qui d'un coup se sont embués, j'ai vu de l'étonnement. Ce sera mon dernier cerf. J'ai raconté cette histoire quelques jours plus tard à Pierre Moinot. Il m'a répondu qu'il avait fait une expérience similaire. « J'ai demandé un jour pardon au grand cerf que je venais de tuer, me dit-il. Mais il était trop tard pour demander pardon. »

41

Montagnes jeunes, montagnes vieilles.
Ce Viagra des sommets. « Familles, je vous hais ! »
Étranges livrets.

Naguère (je devrais dire plutôt : autrefois, du temps qu'une politique agricole commune autorisait une forme de prospérité champêtre liée au rendement), autrefois, donc, on moquait les céréaliers de la Beauce à propos de cet assolement biennal entre Courchevel et La Baule qui leur était particulier : blé-maïs, mer-montagne. Tout fonctionnait par binôme. Deux seuls fléaux menaçaient ces entrepreneurs de nos plaines, l'imposition au réel et le cholestérol.

Prenons les montagnes. Les manuels scolaires en distinguent deux catégories : les montagnes vieilles et les montagnes jeunes. On reconnaît les premières au fait qu'on y chemine à pied, de bas en haut, en famille. On y mange des œufs durs et de la Vache qui rit. On y boit de l'eau dans des gourdes. On y craint les fourmis et les disputes d'enfants. On y va vêtu de couleurs neutres. On reconnaît les montagnes jeunes, tout au contraire, à ceci qu'on les explore à ski, de haut en bas, en bande ou en couple. On y absorbe des aliments de la gamme énergétique Isostar et, le soir venu, on y boit des alcools dans des discothèques. On y craint les avalanches et les trahisons sentimentales. On s'y montre vêtu de couleurs fluo.

Ces temps-ci, notre société valorise plutôt les montagnes jeunes et leur logique dévalante. Pourtant aucun ministre, aucun parlementaire n'ose dire tout haut à la tribune de l'Assemblée ce que tout le monde rumine tout bas dans l'hémicycle : « Familles, je vous hais ! » On le pense ; on le tait. Le divorce de la pensée et du discours peut expliquer à lui seul l'explosion du divorce tout court. Appelons cela : politique du canon à neige. Mais ce triomphe discret de la montagne jeune au début du XXIe siècle, encore faudrait-il, comme dirait Flaccus, qu'il n'accouchât point d'une souris. Les montagnes jeunes avec le réchauffement prennent un coup de vieux. Les prothèses viennent au secours des organes. Le jeunisme conduit à la neige artificielle, ce Viagra des sommets.

Au vrai, les familles sont plus merveilleuses et plus détestables que tout ce qu'on pourrait en dire et les montagnes jeunes moins solides qu'on croit. Bien des élus trouvent dans leur mandat le moyen de rentrer tard chez eux, après le bain des enfants, et parfois d'échapper au colloque singulier avec un conjoint : l'état de député garde un côté XIXe siècle, mais il ne faut pas généraliser.

Il existe, comme pour la montagne, des mers vieilles et des mers jeunes. Pourquoi ne dit-on jamais dans les campagnes électorales : « Familles, je vous hais ! » ? Parce que la continuité est un principe général du discours politique, qui est fait pour dire, et non pour rendre compte de l'action. La mélodie à ce jeu compte plus que le texte de la chanson. Nous entendons des musiques paisibles sur d'étranges livrets. Les paroles suivent comme des toutous les zigzags de l'évolution sociale ; la musique aussi, mais avec plusieurs temps de retard. C'est comme si nous surfions en monoski sur les pentes de Tignes au son de *Colchiques dans les prés*, qui est une ritournelle de montagne vieille.

42

Promesses électorales. Le paradoxe du canon à neige. Un dîner poitevin.

Ce que valent les promesses électorales par ces temps où l'on nous explique tantôt que la République est en crise et tantôt qu'elle n'y est pas, j'ai peut-être tort de penser que ce n'est pas rien. Il est bon d'entendre des promesses au printemps. Il est doux de les croire. Il est bien de se faire tout oreilles. Comme les annonces matrimoniales, l'important dans la promesse électorale, ce n'est pas de la tenir, c'est de la faire. La promesse électorale récapitule l'esprit d'une époque aussi sûrement qu'une petite annonce. Quelques mots disent à l'instant l'idée du bonheur, qui est toujours une idée neuve parce que jamais accomplie. Dans toute campagne électorale, une place est faite à la parade nuptiale, au simulacre de la reproduction, et c'est précisément la place des mots. Si vous voulez saisir l'époque, lisez deux choses : les annonces et les professions de foi.

Il existe un paradoxe du canon à neige, puisqu'il s'agit d'enrober de vraies montagnes jeunes avec de la fausse neige en fin de saison hivernale, de la même manière qu'on mettrait des fausses vieilles poutres sur de vraies cheminées. Dans les sentiments aussi nous nous payons de cette fausse monnaie. Un couple à Courchevel est par destination instable et sujet à la chute. Mais ce qu'il perd vaut ce qu'il a gagné. Dans la Beauce, où l'on pratiquait l'assolement mer-montagne sous la PAC de haute époque, la neige se fait rare pour le même motif qu'en haut, motif dont on m'accordera qu'il n'est pas un motif, tout au plus une expression : le réchauffement climatique.

Dans l'hypothèse où la pluviométrie monterait elle aussi d'un cran, autour de Chartres le riz bientôt remplacera le blé. Des essais agronomiques en ce sens avaient d'ailleurs eu lieu au XVIIIe siècle, dont les résultats n'étaient pas si désastreux. Si l'on avait persévéré, même la poésie aurait bifurqué. On imagine Péguy chantant la cathédrale émergeant d'un océan de riz. « Quand nous aurons jeté le masque et le couteau... Veuillez vous souvenir de tous nos repiquages. » On imagine aussi les femmes noires de Corrèze non pas debout devant les tombeaux alsaciens, mais les pieds dans l'eau tiède, courbées sous des chapeaux chinois vers la boue des rizières. La différence entre les siècles passés et le nôtre, c'est qu'alors on ne craignait pas que le ciel nous tombe sur la tête. Les valeurs gauloises remontent.

Dès lors, deux attitudes au printemps : celle que décrit pour l'écarter le roi Salomon et qui consiste à jouir des créatures puisque la vie est courte et le ciel menaçant, et celle consistant à se mettre à l'abri avant que la couche d'ozone ait fini en peau de chagrin. Tout, dans la montagne jeune, plaide pour la première option. Presque tout, dans les discours, affirme le contraire. Appelons cela : l'érosion des idées.

D'une manière générale, le printemps est une saison adolescente, sujette aux éruptions cutanées, aux rechutes, et aux excès juvéniles. Dans la campagne nous cherchons non pas des bourgeons ou des fleurs, mais un souffle tiède dans l'air. Ah ! ce souffle enfin tiédi de la brise du soir ! Le printemps se reconnaît d'abord à ce changement d'haleine.

Au printemps la nature devient une personne. Des créatures sortent des buissons. La vie grouille derrière les branches. Conseil d'ami, déjà cité, de Toulet : « Prends garde en avril à la douceur des choses. » (Ou, pour dire autrement, ne te découvre pas d'un fil.) La première couleur du printemps n'est pas le vert, disait Madame de Sévigné, mais le rouge qui est la couleur des tout premiers bourgeons. La marquise n'avait pas noté que c'est aussi la couleur de la révolution des mœurs, et que d'ailleurs les journées révolutionnaires ne se déroulent jamais qu'au printemps : journées de mai, journées de juin, journées d'octobre (la Russie fait tout à l'envers)... Le printemps est propice aux campagnes électorales qui sont plus heureuses grâce à la parité.

Mais il est navrant que les femmes soient contraintes par la loi à se présenter aux suffrages au moment où le destin d'élu est devenu une occasion d'opprobre et de mise en examen. Tout se passe comme si la conspiration du machisme occidental se faisait perverse en envoyant la féminité fouler des champs de mine. Déjà les femmes étaient devenues plus nombreuses que les hommes à fumer le jour où l'on s'était avisé que le tabac provoquait le cancer. Les hommes aux seuils des prisons redécouvrent la galanterie : d'abord les dames !

Le printemps est la saison des couples en espadrilles qui par leur accoutrement dédramatisé témoignent d'une maladroite recherche du bonheur, car le bonheur ne dépend pas d'une paire de chaussures mais d'un duo d'âmes, des après-midi aux tables des cafés où des étudiantes pas encore bronzées exposent en relevant leurs manches des avant-bras menus comme de petits pains qu'on met au four en songeant avec un imperceptible pincement aux examens à l'horizon, et désormais c'est aussi la saison des listes chabada.

Un dîner devant Notre-Dame-la-Grande, à Poitiers. Un vin blanc du haut Poitou dans nos deux verres, et je regarde à travers le mien le fronton roman devenir vert et jaune, et les personnages de l'Ancien Testament se mettre à bouger. Poitiers, vieille ville française où, comme à Limoges ou Clermont, le temps a poli la laideur. Dans nos villes les plus tristes le vieux n'est jamais laid, parce que ce qui était laid a disparu siècle après siècle : la beauté urbaine, c'est la solidité. Un monument de plus de huit cents ans, outre le fait qu'il nous émeut à cause de tous ces hommes qui y ont traîné le poids de leur existence, nous semble beau parce qu'il a tenu le coup. Chapeau.

Nous trinquons à Notre-Dame-la-Grande et à tous ceux qui l'ont construite. À tous ceux aussi qui y ont prié, les étudiants pauvres d'autrefois, du temps où les étudiants pauvres priaient (l'église est en face de l'ancienne école de droit), aux bigotes des Temps modernes qui naguère coupaient les files au confessionnal, aux liturgies contemporaines que la beauté si souvent a désertées. Nous trinquons à la vieille école de droit où, chaque automne, des étudiants venus du Limousin ont fait pendant sept siècles leurs premiers pas de jeunes hommes, rêvant en octobre de rencontres qui en juin n'étaient pas arrivées, et de destins qui à l'heure de mourir ne s'étaient pas accomplis. Cette immense somme d'échecs cachés que je devine en regardant le mur couvert d'une vigne vierge rougissante, j'ai honte d'avouer combien elle me procure de paix.

43

Héros oubliés. Du danger des bons sentiments. Désordres.

Les ruines des écuries du maréchal de Saxe offrent à mon regard leur masse indéterminée. Je longe le vieux mur, à la recherche de traces de l'incendie qui, vers 1810, détruisit l'édifice. Il n'y a pas de trace probante de l'incendie, mais sur un pan de pierre une plaque de marbre est apposée :

À la mémoire des victimes de la barbarie nazie
lâchement assassinées le 21 août 1944 :

Bigot Léon.
Berthon Jules.
Castillon José.
Salès Michel.
Duques Simon.
Correas Jean.
Lecœur Gaston.
Guillaume Georges.
Hallier Daniel.

N'oublions pas.

Je n'oublie pas. Je note ce texte sur un papier que j'ai dans ma poche et je le reproduis ici : les noms de ces héros ne doivent pas souvent être imprimés.

Octobre 2001. L'unanimité française à soutenir l'Amérique meurtrie après les attentats du 11 septembre fait chaud au cœur. Voilà, me dis-je, notre nation capable d'un élan conforme à son idéal et à la fois à ses intérêts. Mais qu'on affirme, comme je l'ai lu ce matin dans le quotidien régional : « Les Américains n'avaient pas hésité à venir nous sauver quand nous les avons appelés au secours », cela me surprend. Combien de mois les États-Unis ont-ils fait la sourde oreille aux appels au secours de Clemenceau ? Et le silence de Roosevelt face à la sollicitation déchirante du démocrate Raynaud en 1940 ? Et ce pari fait sur Vichy ? Il y eut alors ce qui s'appelle des hésitations. Mais ne soyons pas indélicats. Oublions. Il faut, en politique, pratiquer les pardons des injures : oublier celles qu'on nous a faites (en général on finit par y arriver) et oublier aussi celles que nous avons infligées (c'est moins naturel). Il faut surtout, en politique, se méfier des bons sentiments : ils ont vite fait de devenir mauvais. Gide a dit que les bons sentiments font la mauvaise littérature : il aurait pu ajouter qu'ils font aussi la mauvaise politique.

Quand je regarde un film, justement, les bons sentiments m'agacent. Je suis du côté de la liberté, c'est-à-dire neuf fois sur dix du côté du méchant, comme les enfants à Guignol sont du côté du voleur contre le gendarme. Dans *Jurassic Park*, je suis pour le tyrannosaure. Dans *Thérèse Desqueyroux*, je suis du bord de Thérèse. Madame Bovary, c'est moi. Dieu sait pourtant combien je déteste le désordre.

44

Le maréchal de Saxe écrivain. Soleil d'hiver.
68, ère détestée de ma génération.
Le soleil rayonnant sur la mer.

Dans la grand-rue de Poitiers nous longeons des boutiques comme il n'en existe plus, des boutiques comme du temps où existaient des boutiques. Nous hésitons à entrer chez un faiseur de parapluies, chez un faiseur de bougies qui précise sur sa vitrine qu'il est là, de père en fils, depuis le début du XVIIIe siècle, chez un bouquiniste, chez un taxidermiste. Ah ! un taxidermiste. Il est ouvert. Cette fois nous entrons. Un vieux monsieur nous entraîne vers un atelier sombre, au vaste plafond à la française noirci par des siècles de crasse, et là, d'un enchevêtrement de bois de cerfs, de vieux journaux, de morceaux de polystyrène, et de pots de colle, il sort un petit bidon qu'il brandit comme un trophée : « De l'arsenic ! »

Le maréchal de Saxe détestait écrire par temps froid. Nous lui devons l'un des plus beaux textes de la langue française, l'un des plus avares de mots, l'ordre du jour rédigé après Lawfeld par des doigts gourds sur le dos d'un aide de camp :

> « La générale sonnée à la pointe du jour. Le rassemblement une heure après. On portera du fourrage pour deux jours. On rompra les ponts après que les troupes les auront passés. Les troupes formées en bataille se mettront en marche quand le maréchal de Saxe l'ordonnera, la cavalerie et les dragons précédant l'infanterie. Les brigades anciennes prendront dans la marche la tête des autres. En cas d'attaque, "France" est le mot de ralliement. »

Des ordres aussi concis ne pouvaient déboucher que sur un désastre immédiat ou sur un prompt triomphe. Ce fut la victoire, mais une victoire de début d'hiver, longue à venir autour de Bergen op Zoom, avec de la boue jusqu'aux oreilles, des blessés pas très opérables, de la soupe froide et des feux refusant de s'allumer. Le maréchal ne rejoignit Paris qu'à Noël. La guerre est plus cruelle quand il fait froid. Même pour mourir, l'hiver demande plus de temps que l'été.

Au vrai, quelle que fût la saison, le maréchal de Saxe avait une sainte horreur des phrases. Il aurait aimé Proust. Marcel Proust, à qui un jeune écrivain demandait comment il fallait exprimer cette réalité hivernale, complexe, cafardeuse, que de la pluie est en train de tomber sur une ville de province, avait répondu : « Pour exprimer qu'il pleut, écrivez : "Il pleut." » Dans toute l'œuvre de Proust, vous ne trouverez pas un mot de trop, pas un mot qui ne soit indispensable pour ajouter sa part de sens — entendez : sa part de sensualité, de direction et de signification — au discours. Existe-t-il une pierre inutile dans une cathédrale ? Retirez un adverbe, tout s'effondre.

Au commencement est écrit : « Longtemps, je me suis couché de bonne heure. » (Comment le dire en moins de mots ?) Cette phrase fut sûrement la plus effrayante à écrire pour Marcel, de la même façon que ce qui coûtait le plus à Maurice quand il allait livrer bataille, c'était de rédiger son ordre du jour. Et le plus dur quand au petit matin nous allions courir au Luxembourg, dans la nuit et les flaques où des lumières blafardes tremblaient, c'était d'enfiler nos chaussures de sport. Le plus dur, c'est toujours de prendre la décision.

Le maréchal de Saxe refusa l'habit d'académicien dont il expliqua qu'il lui serait allé « comme une bague à un chat ». C'était un félin. Les mots lui brûlaient les pattes. Il écrivait utile à la manière de ces serviteurs de l'État qui détestent les réunions et savent en faire des moments de concision où tout le monde se croit intelligent. C'est pourquoi il aurait aimé Proust, écrivain hivernal par excellence, qui n'hésita jamais à demander à ses lecteurs beaucoup de leur temps, mais jamais pour le leur faire perdre.

L'hiver est une saison où la nature fait mine de s'éloigner de nous — je ne parle plus des sports de montagne, où le skieur est plus étranger que jamais à la création, plus séparé que partout ailleurs de son environnement naturel derrière des anoraks et des lunettes à travers lesquelles le paysage devient un écran de cinéma —, la nature s'éloigne de nous parce que le soleil se fait plus inattendu.

Rien n'est plus chaud qu'un soleil d'hiver. Les édiles inaugurant les abords fangeux d'une salle des fêtes ou d'une pépinière d'entreprises sont surpris parfois en plein décembre, en plein février, de recevoir sur la joue au moment où ils l'attendent le moins la brûlure d'un rayon cru, entre deux nuages. Les grandes vacances, qui sont toujours un souvenir d'enfance, se rappellent par ces soleils d'hiver qui enrhument l'âme autant que les bronches.

Parce qu'il n'a pas de vive clarté et qu'il n'est pas trop court, l'hiver se prête à une occupation inimaginable en une autre saison, qui est la lecture de vieux numéros du *Journal officiel de la République française*. Je m'y adonne dans mon bureau des Réfractaires, en attendant la battue au sanglier de demain matin. La page 7413 du *Journal* du 26 juillet 1959 (prose d'été pour lecture d'hiver) comporte par exemple le décret d'attribution d'André Malraux : « Le ministère chargé des Affaires culturelles a pour mission de rendre accessibles les œuvres capitales de l'humanité, et d'abord de la France, au plus grand nombre possible de Français... » La page 1346 du *Journal* du 11 mai 1982 expose celui de M. Jack Lang : « Le ministère chargé de la Culture a pour mission de permettre à tous les Français de cultiver leur capacité d'inventer et de créer, d'exprimer librement leur talent... » Vingt-trois ans séparent les deux textes. Deux mondes.

La création entendue comme un droit d'expression, voilà un bien terrible hiver des sens et de l'esprit : le couinement avorté d'une flûte à bec et la *Messe du Couronnement* ; les gribouillis d'un brave homme au mur d'une salle polyvalente et un vitrail de la cathédrale de Chartres, même combat, même dignité ?

Je voudrais bien. L'ennui, c'est que la culture est la seule activité humaine où cette idéologie du « tout se vaut » a su se frayer un chemin pendant les années quatre-vingt. Je me demande si ce n'est pas le signe qu'on se moquait un peu de l'art et des gens. Parlons d'argent, parlons d'idées, parlons de pouvoir : là, on ne nivelle pas. Dans les sujets qui gouvernent le monde, la guerre, la Bourse et la santé, on ne cesse d'établir des hiérarchies. Peut-être que le rap vaut Mozart, mais on ne nous dit jamais que le McDo du coin vaut La Tour d'Argent, ni que le dispensaire de quartier vaut le plateau technique du CHU. Or la culture, nous en avons autant besoin que de nourriture, de considération ou d'hygiène médicale.

J'ouvre à présent le *Journal officiel* du 16 mai 2002. Et là, petit miracle : le décret d'attribution de M. Aillagon commence ainsi : « Le ministre de la Culture et de la Communication a pour mission de rendre accessibles au plus grand nombre les œuvres capitales de l'humanité et d'abord de la France. » Ni Léotard, ni Toubon, ni Douste-Blazy n'avaient osé. Bon augure… Je me demande si, enfin, se referme l'ère ouverte en mai 68, ère détestée de ma génération.

J'ai relevé je ne sais où (probablement dans le livre de Péchenard) cette phrase de Marcel Proust : « Ah ! Céleste, si j'étais sûr de faire avec mes livres autant de bien que Papa a fait pour ses malades. » Je ne connais pas d'hommage à la médecine plus émouvant que cette confidence faite à sa gouvernante par l'écrivain après la mort de son père, ce père colossal et heureux qui avait créé la chaire d'hygiène à la faculté de Paris, publié trente livres dont un sur *La Défense de l'Europe contre le choléra* et un autre sur *Le Saturnisme chez les ouvriers travaillant à la fabrication des accumulateurs électriques*, et même donné son nom à un hôpital, mais, enfin ! qui surtout engendra Marcel Proust.

En dehors d'un buste verdâtre dans une cour de l'Hôtel-Dieu, que resterait-il du professeur Adrien

Proust si son second fils, menu et malheureux, ne s'était avisé qu'un peu plus de bonheur existerait au monde s'il se décidait à écrire : « Longtemps, je me suis couché de bonne heure… » ?

Pour un homme dont la vie, un jour, a tenu à l'adresse d'un chirurgien, combien ont survécu grâce à tel choral de Bach, telle page de Péguy, telle vision baudelairienne du soleil rayonnant sur la mer ? Marcel, fils d'hygiéniste et frère de chirurgien, écrivit à la fin de sa vie ces mots à André Gide : « Moi, si impuissant à obtenir quelque chose pour moi, à m'éviter le moindre mal, j'ai été doué (et c'est certes mon seul don) du pouvoir de procurer des bonheurs aux autres, de leur éviter des peines, bien souvent. J'ai réconcilié non pas seulement des adversaires mais des amants. J'ai guéri des malades. » J'ai guéri des malades : la culture n'est pas un droit d'expression, elle est un miracle de Dieu. La réduire à un droit d'expression, à un droit nivelé, c'est la traiter par le mépris. Et traitée par le mépris, la culture se venge. Dans le domaine de l'art contemporain, la France n'a jamais aussi peu créé que depuis l'affirmation qu'il fallait permettre à chacun d'exprimer son talent plutôt que de donner au plus grand nombre les clefs du trésor.

45

Le prix Duras pour Pirotte. Classification des mensonges. Générique de fin.

Le plus terrible dans l'hiver n'est certes pas la neige, mais la pluie, la vraie, celle qui dure. Pour supporter l'hiver, Flaccus donne des conseils pratiques qui suffiraient à guérir une vie : « Remets une bûche dans l'âtre et, de la jarre à double anse, tire un vin de quatre ans… »

Il ne neige pas à Chambord, hélas : il pleut. La pluie tombe lentement, sûrement, comme si elle ne devait s'arrêter jamais. Des flaques apparaissent dans la cour, ça ruisselle de partout. Comment les derniers touristes ont-ils encore le courage de venir jusqu'au guichet ? Le château me fait penser à un énorme morceau de sucre qui commence à fondre.

Deux manières de connaître une personne sans perdre de temps : jeter un coup d'œil à sa bibliothèque et inspecter son frigo. Je me méfie du lait de soja, des buveurs d'eau et des exemplaires brochés de Marguerite Duras. Et je m'aperçois à l'instant qu'on a donné au dernier Pirotte le prix Marguerite-

Duras : c'est comme si on avait donné le prix du yaourt maigre au meilleur liquoreux.

Il existe des mensonges d'été et des mensonges d'hiver. Les mensonges d'été sont d'ordre affectif : ils sont des mensonges de promesses : « Je ne t'oublierai jamais ! » Les mensonges d'hiver sont d'ordre pratique : ils sont des mensonges de paresse, car l'hiver est l'alibi des paresseux : « Promis, nous viendrons vous voir quand il fera beau ! » Cette défaite sociale des humains pour cause d'hiver, qui n'est qu'une version atténuée de l'hibernation propre à certaines catégories de mammifères, elle favorise l'éclosion des passions, au lieu que les amours nées l'été traînent toujours la frivolité d'une amourette.

Une femme engoncée dans un épais manteau, dont vous ne discernez que le nez rosi par un début de rhume, et qui vous sourit à demi à la sortie d'un magasin, voilà une rencontre qui vous engage plus que le regard droit dans les yeux d'une créature en pleine santé, bronzée, dévêtue sur la plage. Pour dire les choses autrement, l'hiver est merveilleux parce qu'un jour il devient le printemps, au lieu que l'été est la saison de l'épilogue. On n'aurait pas idée de commencer un film par le générique de fin. Voilà pourquoi une bibliothèque est un lieu plus érotique qu'un bord de lagon, et plus érotique un hiver pluvieux qu'un été torride.

L'été est la saison du temps météo. L'hiver est celle du temps chronos. C'est en hiver qu'on engage le long terme et qu'on plante des arbres. À la Sainte-Catherine, tout bois prend racine. Allez éradiquer une passion née autour d'un chocolat chaud et d'un gâteau breton, quand dehors il pleuvait… Les passions s'enracinent en hiver parce qu'elles s'incarnent alors par nécessité dans un visage, tandis qu'en été elles flânent sur d'autres parties du corps que le climat a permis de dévoiler. En hiver, chaque femme est unique. L'hiver rend un regard aux femmes, un cœur aux hommes et au chocolat une saveur.

46

Avant-première. Note au ministre, copie au roi.
Le dur labeur de séduire.

Laurent Charbonnier projette en avant-première le film animalier *Chambord sauvage* qu'il vient d'achever. C'est un film destiné à la télévision. La projection est organisée dans la salle des Chasses du donjon, avec un écran un peu trop petit et du feu dans la cheminée. Beaucoup d'amateurs sont venus. L'évêque de Blois est là : il me confie qu'il continue à pratiquer la chasse à courre « en dehors du diocèse ». Il existe une sensation curieuse à regarder un film animalier réalisé à côté de chez soi : pas de gnous, pas de lions, pas de baleines bleues. Des canards, des sangliers, des martins-pêcheurs. Images superbes, images émouvantes et qui cependant ne blessent pas.

Je me suis longtemps méfié du cinéma. Jeune homme, je me suis tenu à l'écart de tout ce qui n'était pas un western. Les films psychologiques me faisaient trop souffrir. J'ai passé les premières années de mes études à Paris sans mettre les pieds dans une salle obscure. J'avais dix-huit ans, l'idée d'aller au cinéma tout seul me rendait trop malheureux et, comme j'étais persuadé qu'aucune fille n'aurait accepté de m'y accompagner si j'avais osé l'inviter, je restais chez moi. Et comme en plus tous les films parlaient d'amour et que j'étais désespérément solitaire, j'aimais mieux passer mes soirées à relire mes cours. En conséquence de quoi j'ai plutôt réussi le début de mes études, ce qui a orienté ma vie vers des horizons embourgeoisés. Travailler trop pendant l'adolescence vous ouvre le droit de continuer à travailler trop pendant toute votre vie.

Quand le maréchal de Saxe prend possession de Chambord en 1748, il est fort éloigné de cet état d'esprit : il est un séducteur. Il fait d'abord ce que tout le monde fait dans son cas : il rédige des notes administratives pour se plaindre de ses difficultés budgétaires. Note au ministre, copie au roi. Le roi est dans sa poche, il obtient tout ce qu'il demande. Il « met à niveau », comme on dirait aujourd'hui, les équipements du château et du parc. Il fait de l'hydraulique. Il équipe des puits. Il bouche des trous. Il en creuse d'autres. Il ouvre des fossés. Il trace des routes. Il dépense sans compter. Il met à contribution les prisonniers britanniques et hollandais qu'il a emmenés avec son régiment. Il installe un théâtre.

Ensuite, il fait venir les courtisanes. Il s'emploie au dur labeur de séduire, avec ce cauchemar propre à tous les séducteurs, qui est de vivre avec cette question sans réponse : est-ce moi qu'elles aiment, ou mon bonheur ? Est-ce moi qu'elles vénèrent, ou mon pouvoir ? Est-ce mon avenir qu'elles admirent, ou mon passé ? Le fantasme ordinaire du séducteur parvenu au grade de maréchal ou de président de conseil général, c'est de jouer à l'anonyme. Dans le désordre des draps, vous révélez, au petit matin : « Je puis te le dire à présent, je suis le maréchal de Saxe. » Et elle : « Ouhaou ! Le maréchal de Saxe ! Je me disais bien... Et pourtant, tu serais simple attaché de préfecture que je t'aimerais autant. » Étreinte. Baisers. Hélas, à Chambord, c'était impossible. C'était la campagne, chacun portait son titre affiché à son front. Un chapeau, c'était un grade. Un costume, un curriculum vitae. Monsieur le maréchal par-ci, monsieur le maréchal par-là. Alors le maréchal se fâche, il se venge en faisant du chiffre. Il les lui faut toutes, par tous les moyens. Il tourne au prédateur. Il persécute le mari de Mme Favart, éloigne le rival par des intrigues judiciaires afin de dévorer sa proie en paix. Réduit à une chasse aussi sommaire, il n'est pas étonnant que le maréchal comte de Saxe connaisse des accès de mélancolie. Il meurt très tôt, d'une angine mal soignée, sans faire d'histoire. On mourait beaucoup, en ce temps-là.

47

Les poêles du maréchal de Saxe.
Le plan de Georges-Louis Lerouge.

Vincent Cochet, le conservateur, s'est pris de passion pour le maréchal. Comme le domaine veut monter une exposition sur « Saxe à Chambord » et qu'il est avant tout dix-huitiémiste, Cochet se plonge avec gourmandise dans l'inventaire après décès du maréchal, et s'attarde sur le sort des poêles en faïence que le fils naturel du roi de Pologne avait fait venir d'Allemagne à Chambord pour se chauffer. Tous ces poêles avaient été vendus pendant la Révolution. L'un d'eux, le plus grand, fut racheté par des légitimistes blésois et offert au comte de Chambord, puis remonté dans le château en 1883. Un autre, dont on dit que l'abbé Grégoire l'avait acquis pendant les ventes révolutionnaires, fut placé à l'évêché de Blois. Quand l'hôtel de ville s'installa dans les locaux de l'évêché, le poêle y resta. Le troisième, acheté puis remonté dans le réfectoire de l'abbaye de Pontlevoy, fut racheté par l'État pour Chambord dans une vente aux enchères en 1999.

J'eus à cœur de réunir tous ces poêles au moment de l'exposition sur le maréchal. Cela se révéla d'une difficulté inouïe. D'abord, le Centre des monuments nationaux, pour d'obscures raisons, ne voulut pas entendre parler de l'exposition, qu'il fallut monter avec les moyens du bord, comme l'avait été *Le Bourgeois gentilhomme*. Ensuite, le poêle de l'hôtel de ville de Blois, que le maire Nicolas Perruchot accepta de confier en dépôt à Chambord, suscita de fantastiques querelles doctrinales. Des conservateurs arguèrent que ce poêle n'était composé que des lambeaux de plusieurs autres, ou encore qu'il n'avait jamais été installé dans le château, mais plutôt, et encore n'en était-on pas certain, dans l'hôtel de Montmorency, partie noble de la ferme de Lina brûlée par les Allemands en 1944. Tout était tellement clair que les morceaux de faïence restèrent dans leur caisse. Quant au troisième poêle, celui de Pontlevoy, il fut pour son malheur confié à l'analyse d'un expert nommé James, bien décidé à consacrer le reste de sa vie à l'étude de cet objet, quand nous étions pressés d'aboutir, et surtout de récupérer les carreaux pour les présenter au public. Lors de mon arrivée, seul le premier poêle était à Chambord. Tout le monde, par ailleurs, ne cessait de parler d'un quatrième poêle, signalé dans une demeure de la région par un commissaire-priseur.

Pour forcer le destin, comme Noël arrivait, je commandai une carte de vœux représentant le château dans un environnement tropical, les douves transformées en lagon, portant le slogan *Sea, Saxe and Sun*, annonçant l'exposition et le retour des poêles, et souhaitant aux destinataires une « année chaude ». On toussa à Paris. Le poêle de Blois, naufragé dans les arguties, ne fut pas remonté. Celui de Pontlevoy le fut de travers, et au mauvais endroit, trop tard pour l'exposition. Quant au fameux quatrième poêle, une école de pensée continuait à militer pour son existence, ce qui ruinait le discours. Le Centre des monuments nationaux finit par se rallier au projet d'exposition, mais trop tard pour sauver l'installation d'aucun de ces poêles.

Il en fallait plus pour décourager Vincent Cochet. Celui-ci, dubitatif sur la localisation du deuxième poêle dans le derrière de l'alcôve du maréchal, comme le suggérait le plan de Georges-Louis Lerouge de 1750 qu'il avait déniché (Cochet estimait que le plan de Lerouge reposait sur des relevés antérieurs à l'arrivée du maréchal et se référait à un poêle installé par Louis XIV), jeta son dévolu sur le troisième poêle dit de Pontlevoy, celui-là même que M. James avait mis en pièces pour expertise, et qu'un spécialiste sollicité par lui remontait vaguement à ses heures perdues, et de préférence la nuit, sous un projecteur de fortune, dans une salle en croix du donjon. Cochet était persuadé que le poêle en question était à l'origine situé dans la première antichambre du premier étage. À l'occasion d'un changement de tenture de la pièce, il triompha : accompagné de Denis Grandemange, responsable des collections, il fit le pari qu'en ôtant l'enduit sur le mur à un endroit précis, nous trouverions la trace du conduit du poêle. On donna quelques coups de burin. La trace était là. Cochet triompha. Mais, entre-temps, le poêle avait été remonté à l'étage du dessous. Il y est toujours.

48

Refaire le monde. Un poète chez les sangliers.

Les invités aux tirs de sélection sont partis chacun de son côté, accompagnés d'un garde, excités et dociles comme des enfants récompensés. Ils reviendront à la nuit tombée pour dîner dans la maison forestière de la Hannetière et comparer leurs résultats avant — c'est inévitable — de refaire le monde et d'électriser l'atmosphère à force de vouloir la détendre.

Pendant qu'ils sont partis, je vais au centre d'éviscération où le gibier est dépecé. Impression de pénétrer dans la criée du Guilvinec. Les hommes sont en ciré, le sol est en carrelage blanc, la porte de la salle réfrigérée s'ouvre pour laisser entrer les carcasses. De temps à autre la radio annonce l'arrivée de la remorque : Untel a tué un cerf au Travail Ribaut, Untel un mouflon à la Guillaumière. La remorque arrive dans le noir et, sous le projecteur, je découvre son contenu comme celui d'un chalutier qui viendrait du large. Un sanglier armé comme un requin, un daguet rond comme un dauphin.

Il n'y a pas de cérémonie pour les tirs de sélection. Dans les battues au sanglier, au contraire, la chasse est conclue par un rituel précis. Le tableau est exposé dans un carrefour face au château illuminé. Les trompes sonnent. Les gardes républicains présentent les armes. On fait des discours. Ensuite, nous serrons la main de chaque rabatteur. Ce qui me frappe à chaque fois, c'est l'épaisseur de ces mains. Des mains de bâtisseurs.

Je conduis Denis Tillinac au brame. Il est accompagné par Yves Charnet, poète, auteur de *Proses du fils*, mal à son aise dans la forêt. Nous optons pour le mirador de la prairie de Comtes Thibault, là où les plus beaux cerfs se retrouvent. Tillinac est stupéfait : « Ils sautent toutes les biches pendant quinze jours, et le reste de l'année ils s'en fichent. C'est incroyable ! » Tandis que le soir descend sur les appels lugubres d'un dix-cors, une harde de sangliers envahit la clairière. Charnet panique. Il veut appeler sa femme. Son téléphone mobile ne passe pas. Tillinac le rassure. Il ne veut rien entendre. Nous finissons par quitter le mirador. L'opération prend une demi-heure, car Charnet ne veut pas descendre l'échelle tant que les sangliers sont là. Pour finir, nous nous replions sur un restaurant de Cheverny. Charnet commande très fort : « Donnez-moi du rôti de sanglier, je veux me venger ! »

49

Retour à Nohant. La plus belle invention du XXe siècle. Le temps, c'est ce dont Bach est le moins avare.

Retour à Nohant. Cette fois, il s'y tient une réunion des administrateurs des monuments de la région Centre, et nous avons droit à une journée de travail dans l'intimité de George Sand, introduite par une visite détaillée de la maison sous la conduite de Georges Buisson, le responsable du lieu. En passant devant le pianoforte sur lequel Chopin a composé, je frôle les touches qui ont fait naître les plus beaux nocturnes. Notre réunion se tient dans l'atelier de Maurice Sandeau. Sur les murs, les esquisses sont encore là.

À la fin de la journée, après un tour dans le jardin, Georges Buisson nous conduit au petit théâtre décoré par Delacroix où George Sand montait des spectacles avec ses invités pour passer les après-midi. Comme cette quête du bonheur, avec le recul, me paraît dérisoire ! Transplantés au XIXe siècle, sans télévision ni voiture, réduits aux saynètes et aux conversations de cette géniale romancière, nous mourrions d'ennui. Dans un siècle, on se demandera comment nous avons pu trouver notre bonheur avec des gadgets appelés : vidéo, téléphone, Internet, Philippe Sollers. Le seul bonheur qui ne se démode pas, c'est celui qui naît de l'effort physique. La plus belle invention du XXe siècle est le vélo de course.

Il y a quelques soirs, nous avons failli surprendre de drôles de choses au poste à cheval. Il était neuf heures du soir, le château était fermé, quand, par une fenêtre de la tour des Princes, au niveau des appartements des gendarmes stagiaires, un hurlement a retenti : « Au secours ! Au secours ! » Voix de fille, propos suraigus. Course effrénée dans un couloir.

« Il faut aller voir », me souffle Brigitte. Certes. Nous descendons tous les deux dans la cour, sous la fenêtre où les cris continuent, sans discerner s'ils tiennent du fou rire ou du hurlement de terreur. Je sonne à la porte du bas. Les cris cessent. Cavalcade dans l'escalier. Une gendarmette vient enfin nous ouvrir, essoufflée, rougissante, souriante. « Ce n'est rien, dit-elle. Nous faisons la fête. » En haut du palier, dans la pénombre, un jeune gendarme s'éclipse. Nous nous excusons, piteux et perplexes.

Après un tel épisode, il est difficile de rentrer chez soi. Nous allons faire un tour à la salle des communs d'Orléans, la salle où l'on donne les concerts. Je déchiffre laborieusement *Le Clavier bien tempéré* sur le Steinway que l'Association des amis de Chambord, grâce à une subvention décrochée par René Monory, a acquis pour le château. Il n'est pas un chagrin, pas un trouble qu'une heure en compagnie de Bach n'efface. C'est surtout vrai de son œuvre pour clavier : cette musique-là nous tire des ornières parce qu'elle avance. Même les points d'orgue sont en marche, avec un début et une fin. On a l'impression que Bach est à la recherche opiniâtre de la formule qui dirait tout, et en même temps qu'il n'est pas si pressé d'y aboutir, soucieux de ne négliger aucune des hypothèses théologiques à explorer.

Le temps, c'est ce dont Bach est le moins avare. Il a l'éternité non pas devant lui, mais en lui. Et cependant à tel détour, au moment le plus aride, l'oasis d'une fulgurance poétique vous saisit. Quelque chose qui tiendrait de la révélation de l'amour divin et à la fois de la petite madeleine de Proust. Ce ne sont souvent que cinq ou six notes, les plus simples qu'on puisse concevoir. Telle fugue me produit l'effet d'une drogue (je le suppose car je n'ai pas l'expérience des drogues ordinaires) et je la rejoue vingt fois, pour l'offrir aux noms doux et sonores que la vie exila. Brigitte a la gentillesse de me laisser radoter au clavier et, quand je m'arrête enfin : « Si, si, continue », me dit-elle.

Le héros d'un de mes livres — qui est d'ailleurs plutôt un anti-héros — échappe au suicide en entendant John (Elton). Je ne suis pas suicidaire, mais tout de même j'ai survécu à certaines heures grâce à Bach (Jean-Sébastien et quelques autres). À d'autres, je me suis empoisonné avec Chopin. C'est une expérience amusante : jouer Bach comme si c'était du Chopin, en s'écoutant complaisamment (Chopin s'écoute écrire, Bach travaille), ou à l'inverse Chopin comme Bach, comme dans le chœur d'une église. Au détour d'un nocturne, Chopin, qui commençait toujours ses journées en pianotant les *Préludes et fugues*, s'est laissé aller parfois à des pastiches dissimulés avec un soin touchant, comme un enfant qui aurait dérobé un vase précieux le cacherait sous un fauteuil.

50

Des projets.

Réformer l'organisation de Chambord devient ces temps-ci ma grande affaire, mon grand souci, mon échec personnel. Dès mon arrivée, j'avais éprouvé les limites du système : le commissariat institué en 1970, selon un dispositif qui pouvait se concevoir à cette époque où l'État savait être réactif, ne pouvait plus fonctionner efficacement aujourd'hui, alors que le nombre des visiteurs de Chambord avait été multiplié par trois et l'effectif du domaine par quatre. Nous entretenions deux standards téléphoniques, nous dépendions de deux systèmes d'information, nous faisions intervenir neuf budgets différents, sans aucun dispositif d'incitation à la productivité.

J'avais consacré les premiers mois de mon séjour à tenter d'y comprendre quelque chose, à consolider les comptes, à mettre tout le monde d'accord sur quelques ratios. Mon idée était de partir d'un concept simple : Chambord, classé au Patrimoine mondial, plus vaste château de la Loire, devait être capable d'accueillir dans de bonnes conditions au moins autant de visiteurs payants que Chenonceau. Il fallait par ailleurs pouvoir affecter les recettes des visites à l'entretien, car, aussi curieux que cela puisse paraître, ce n'était pas le cas. Cela supposait de changer le mode de gestion.

Très vite, il se révéla impossible de mettre les ministères concernés autour d'une même table pour en parler. L'autorité du commissaire ne permettait pas de dépasser certains blocages, et la cohabitation n'arrangeait rien : sur un sujet aussi secondaire, et aussi marqué par le bon sens, la débauche d'énergie consacrée à gérer la méfiance entre la présidence de la République et le gouvernement aboutissait à ne pas aborder le fond. J'entrepris alors une série de contacts bilatéraux, promenant mon argumentaire de cabinet en cabinet, mais mon projet n'éveillait l'intérêt que de ceux qui prétendaient lui tordre le cou.

Ma propension naturelle à contourner les obstacles plutôt qu'à essayer de les briser me conduisit au bout de quelques mois à chercher une solution ailleurs qu'à Paris. Le décret de 1970, toujours en vigueur, avait prévu dans un de ses articles que le commissaire préparerait un programme général d'aménagement du domaine. Ce programme n'avait jamais été élaboré. Je décidai de le rédiger en m'appuyant sur les services déconcentrés de l'État plutôt que sur les administrations centrales : direction départementale de l'équipement, direction régionale des affaires culturelles, direction départementale de l'agriculture et de la forêt, direction départementale des services fiscaux, toutes structures qui, travaillant près du terrain, hébergeaient des fonctionnaires portés plus que les « centraux » à prendre les choses avec pragmatisme.

Ces services firent un travail considérable, rendirent des projets bourrés d'annexes, que je m'employai à étoffer, appliquant un principe que j'avais expérimenté naguère dans des relations avec la CGT : quand on veut éviter de se disputer, il faut parler technique. Le rapport final préconisait la mise en œuvre d'un lot assez foisonnant de recommandations pour développer le domaine de Chambord et, surtout — l'astuce était là —, il concluait que leur mise en œuvre ne serait possible qu'à la condition de créer une structure *ad hoc*. Adhérer aux préconisations, c'était en fait décider de créer un établissement public, industriel et commercial. Le projet fut adopté sans difficultés par les différents ministères, qui n'entendaient pas désavouer leurs services déconcentrés.

Cette petite victoire, hélas ! ne déboucha pas sur grand-chose. Il fallait encore que le gouvernement s'appropriât la démarche, arbitrât sur un projet de loi. Il avait plus urgent à faire. Les élections approchaient. Après le changement de majorité, je revins à la charge, on me promit d'avancer, mais il y avait à nouveau plus urgent à faire.

51

Blaise Pascal. La « directive oiseaux ».
« Moi, X. P., hétéro, catho, réac… ». L'immobilisme en marche.

Fin d'hiver. La chasse est fermée, la saison culturelle n'a pas commencé, le printemps tarde à venir. Il ne me manquait plus qu'une chose pour connaître vraiment Chambord : y regarder les heures passer. Ce matin il n'y a rien sur mon agenda. Dehors tombe une pluie installée. Le téléphone ne sonne pas. Pascal a raison : tout le malheur des hommes vient d'une seule chose, qui est de ne pas savoir demeurer au repos dans une chambre. Je m'ennuie violemment.

Depuis bientôt trois ans que je suis arrivé à Chambord, j'essaie de me convaincre que j'ai fait à peu près ce qu'à ma place les commissaires des Valois auraient fait. Ma besace comporte un petit lot de divertissements nouveaux : le programme d'aménagement voulu par Pompidou a été enfin adopté, des partenariats ont été noués, une saison musicale fonctionne autour du piano installé aux communs d'Orléans, des expositions se sont succédé, une école de chasse fonctionne, et aussi une école de trompe, une lettre régulière est publiée, un restaurant concédé accueille le public, des logements de stagiaires ou d'artistes viennent d'être aménagés, des relations avec des établissements sanitaires ou sociaux se développent, une équipe imaginative où de nouvelles recrues nommées Mathilde Zambeaux, Hélène Foulard ou Claire Jagou donnent le ton, se dévoue au château (c'est symptomatique, cette énumération : besoin de me justifier, de combler des trous, de lutter contre la culpabilité d'avoir vécu ici en pacha inutile). Cependant le château n'a pas fini de me dérouter. À quoi donc sert un château ? Celui-ci, attirant comme un aimant des touristes du monde entier piétinant le sol en larges troupeaux débraillés que, le soir, il vomit par la porte principale, que nous enseigne-t-il ? Lorsque j'y entre tout me pose question. Et il y a ces lancinantes difficultés de gestion. Les conférenciers, par exemple, sont englués dans des impasses statutaires que je voudrais résoudre sans avoir les moyens de le faire.

Je me suis passionné pour la chasse, moi qui étais venu ici pour la culture. Dans les colloques de chasseurs, on me prie de conclure. Dans les battues au canard, on prend mon avis. L'Office des forêts et la société de vénerie me demandent d'animer leurs débats sur les adjudications. Le musée de la Chasse me consulte. France Culture me sollicite, mais pour une émission sur la « directive oiseaux » ! Tout cela fait rire Brigitte, qui me rappelle qu'il y a deux ans à peine j'aurais été incapable de distinguer une sarcelle d'une bernache.

Et en même temps que je devenais un chasseur patenté, une espèce de veneur officiel, le monde de l'administration culturelle, qui m'attirait, m'a filé entre les doigts. Chez les « culturels », on se méfie de mes bottes. Olivier Frébourg me soufflait l'autre jour le titre de l'autobiographie qu'il voulait que j'écrive : « Moi, X. P., hétéro, catho, réac » et sa première phrase : « Mes amis à Paris se font rares. » Frébourg se trompait. Mes amis à Paris ne se font pas rares : ils l'ont toujours été. Je n'aime pas dîner en ville. Il y a bien longtemps, Jean-Édern Hallier me l'avait reproché en des termes amusants : « Il faut vraiment être sûr de son avenir littéraire pour n'être comme toi jamais dans aucun dîner ! » C'est, lui avais-je répondu, que je suis du matin. Au demeurant la question n'est pas là : mes amis sont rares parce que des amis nombreux ne sont pas des amis.

Ce qui me tracasse ce matin, c'est tout de même une impression d'embrouille. J'ai renoncé à former un grand projet pour Chambord parce que, à Paris, je n'ai pas su convaincre l'administration de révolutionner l'organisation du domaine. J'ai connu un responsable excité, avec qui je me suis disputé. Lui, au moins, croyait à la vertu du mouvement. J'en ai connu d'autres avec qui tout a été fort amical, mais avec lesquels il ne fallait rien penser d'ambitieux. J'ai noué un contact agréable avec Christophe Vallet, nouveau président des Monuments nationaux. Cet homme brillant et pragmatique avait hérité d'un établissement dans un tel état qu'au bout de quelques semaines il ne s'exprimait plus que par des soupirs. J'ai encore vu beaucoup de gens, serré beaucoup de mains, englouti bien du papier, et mille fois redit les mêmes choses dans des réunions qui semblaient devoir s'arrêter au bout de trois quarts d'heure et repartaient pour une chiquenaude dans un nouveau chapitre d'une heure et demie, redite à peine nuancée du précédent.

Avec les experts de la Rue de Valois, nous nous sommes beaucoup vus pour déjeuner, au début. Discuter de projets, cela ne leur faisait pas peur, organiser une exposition temporaire, pas de problème, mais toucher aux structures… Chambord est resté organisé comme du temps de Pompidou. Fatigue ? Ennui ? Esprit de boutique ? Rien n'a bougé. Depuis mon petit bureau orné de trophées, j'ai entendu le bruit sourd de l'immobilisme qui, à Paris, se mettait en marche. (« L'immobilisme se met en marche » : je crois que l'expression est d'Edgar Faure, en tout cas elle le mériterait.) J'ai usé beaucoup de salive pour rien. J'ai pour finir réussi à insérer une proposition dans un rapport du Sénat — mais qui lit les rapports du Sénat ?

Les mois ont passé. J'ai repris mon cartable, j'ai promené à nouveau dans Paris mon argumentaire, montré des comptes consolidés et des économies possibles, et présenté ce que pourrait être le développement de Chambord dans le cadre d'une organisation plus responsabilisante ; j'ai fait comme je l'ai pu mon métier de technocrate, mais rien n'arrivait. Je devenais un monomaniaque, l'homme d'un seul dossier qui, aux yeux de certains Parisiens, se battait pour obtenir dans sa sinécure châtelaine un peu plus de confort personnel. Sur un sujet aussi mineur que celui consistant à faire de Chambord un « centre de profit » pour l'État, et sans même qu'il fût question de mauvaise volonté, la réforme était impossible. Les choses ont traîné en longueur, et donc je me suis fait chasseur passionné. Passionné par le gibier, mais d'abord à cause de ce que le gibier n'est pas. Des canards, des sangliers, des faisans ont payé pour cette ambition culturelle déçue.

Il y a quelques semaines, mon agenda avait pris des allures inquiétantes : Dania, mon assistante, me fit remarquer que j'étais de plus en plus « sur le terrain », qu'elle me voyait de moins en moins. Elle avait raison, je disparaissais des jours entiers : vendredi, battue au sanglier à Chambord (normal, c'est mon métier), samedi, chasse à courre au cerf à Cheverny (normal, c'est le week-end), dimanche, tirée aux canards en Grande Sologne (normal, c'est la vie privée), lundi, faisans à Rambouillet, au lieu-dit Le Petit Produit (normal, l'invitation émane du ministre de l'Agriculture), mardi, courre au cerf à Montpoupon (normal, mon métier exige des relations publiques). Cinq jours dehors, deux jours de bureau ! Cela ressemblait à une cote d'alerte.

52

Une passion n'est pas un bonheur.
La « guide-du-routardisation » des esprits.
Mon amour-propre toujours affamé.

Une passion n'est pas un bonheur. Le mercredi, dans mon petit bureau, j'étais drogué des profondeurs des bois. Les flaques, la boue, les arbres noirs me manquaient dès que j'étais enfermé plus d'une heure. Je coupais le radiateur, j'ouvrais la fenêtre à l'haleine froide de la forêt pétrifiée par l'hiver. J'ai passé des nuits à refaire des chasses, à courir du gibier, au point que cela me réveillait. Je devais me désintoxiquer de Chambord. La fermeture de la saison de chasse me sauva.

À Chambord, je ressens physiquement à quel point une certaine France ne sait plus habiter chez elle, comme si ce chez-elle lui était devenu trop beau, trop suspect de grandeur, à la manière de ces châtelains vieillissants qui se replient dans une seule pièce, où ils installent un studio, une mini-cuisine, une manière d'appartement HLM. Dans les châteaux de la Loire, au moins dans ceux qui sont dans des mains privées, nous trouvons trop souvent de ces guides incapables de parler sans mépris des générations disparues : un évêque d'Ancien Régime avait forcément des maîtresses, un roi était forcément brutal et sot. On dormait assis, on mourait à quarante ans, on était superstitieux, on torturait les innocents... Cette niaiserie militante, cette « guide-du-routardisation » des esprits...

La France est avec l'Italie le pays le plus riche du monde en monuments historiques. Et ce qui devrait être pour elle un devoir d'invention, elle en fait une rente de situation. Elle ne célèbre pas son patrimoine, elle le subit, et en faisant la quête à la sortie. L'amnésie, la culpabilité fabriquée, l'ignorance, la niaiserie, hélas, fondent un peu de sa nouvelle identité, quand elle aurait tant de gloires à assumer. La relation de son administration avec son patrimoine, surtout son patrimoine royal, reste pleine de complexes. Nos enfants ne voient le Roi-Soleil que sous les traits de Leonardo DiCaprio ; ils ne découvrent Notre-Dame de Paris que lorsque les Studios Disney veulent bien leur en révéler l'existence. Dans les monuments nationaux, on ne discerne pas grand-chose entre la frilosité et la provocation.

Et à ne vouloir que la rente, il ne faut pas s'étonner que même la rente soit maigre : le Centre des monuments nationaux, avec cent quinze merveilles ouvertes au public, n'atteint pas le petit équilibre de ses comptes. Chambord, géré autrement, rapporterait de l'argent à l'État tout en rayonnant davantage. Il est doux de mépriser Hollywood ; il serait meilleur d'inventer enfin autre chose.

J'étais occupé ce matin à noter ces propos désabusés, nourris par la fatigue d'une mauvaise nuit, par la réflexion sur une exposition italienne qui tarde à se mettre en place, par l'image déprimante que ce monde du verbe me renvoie de moi-même, quand Jean-Jacques Aillagon m'a appelé. Le téléphone à la main, je me suis presque mis au garde-à-vous derrière mon bureau : ce n'est pas tous les matins qu'un ministre non chasseur me téléphone.

Le ministre, en effet, ne voulait pas parler de chasse, mais me faire part de la décision gouvernementale de doter Chambord du statut d'établissement public. Il avait regardé à nouveau le dossier, il était convaincu, ses collègues aussi, et il pensait que cela me faisait plaisir de l'apprendre de lui. Il avait raison. Je ne connais pas beaucoup Aillagon, mais je l'aime bien, parce qu'il n'est pas comme les autres : il est capable de monter une exposition sans le secours d'un cabinet de conseil, et il ne la ramène pas. Il a été prof d'histoire en Corrèze, c'est une école qui en vaut bien d'autres. J'ai bredouillé des remerciements. Et aussitôt après, je lui ai dit, au passage, mon souhait de quitter les lieux et ma fonction dès que ce projet serait sur les rails. « Pas de vin vieux dans les outres neuves », ai-je argumenté. Il s'est étonné.

« C'est votre réforme. Personne ne comprendrait que vous partiez. »

Il venait de lancer à mon amour-propre toujours affamé une délicieuse friandise, sans savoir que ses propos, paradoxalement, ne pouvaient que m'ancrer dans ma décision de faire mes valises, car j'ai le défaut — assez répandu, il me semble — de convoiter l'estime des autres autant que les fonctions dirigeantes, et de courir après celles-ci dans la mesure où celle-là semble me manquer. (Brigitte prétend que, pour cette raison, je ne réussis rien mieux que mes démissions. Il est vrai que j'ai souvent quitté des fonctions jugées non déshonorantes. Je l'ai fait parce que je n'aime pas m'attarder — j'aime bâtir plutôt que gérer — et aussi, je dois l'avouer, par hantise de la saison de trop.)

Aillagon se fait insistant. Il croit sans doute que je vais lui demander autre chose, de plus difficile à satisfaire. Mais non ! Le bail de trois ans que je viens d'achever à Chambord me semble convenable. Mon interlocuteur me dit : « Vous croyez ? » (Il a dû s'imaginer, ou plutôt on a dû lui dire que j'ai milité pour changer le statut de Chambord afin de m'y construire un emploi sur mesure.) Non, non, je ne veux pas rester. J'invoque au hasard d'autres motifs, je fais allusion à ma famille nombreuse, au trajet des écoles des enfants, à mon besoin de retourner chez moi. « Je sais ce que c'est, répond enfin Aillagon, je suis d'une famille de huit. On me refilait les habits des aînés. » La conversation ne va pas plus loin. Tiens ! me dis-je, Jean-Jacques Aillagon est d'une famille de huit...

La vérité est que je suis atteint du syndrome de la chasse-drogue qui en a frappé plus d'un avant moi. Au bout de quelques années, l'alcool de la chasse est trop fort. Chambord est un paradis ; le paradis est un lieu où l'on finit par s'ennuyer. Brigitte, plus adaptable que moi aux changements de décors, n'est pas fâchée non plus à l'idée de partir. Je vais donc remettre mon fusil dans son étui. Je vais ranger ma trompe. Nous allons quitter ce merveilleux jardin avant d'y vieillir.

Me voici au moins heureux de quelque chose : quand Chambord deviendra établissement public, c'est-à-dire deviendra une entreprise, on parlera de ce domaine comme jamais. On en fera un anti-Disneyland, un parc idéal où tout sera vrai : le château en vraie pierre, les biches en chair et en os, et sauvages, et les siècles qui sont vraiment des siècles, et les conférenciers qui racontent des histoires vraies.

Je partirai sans savoir qui, la nuit, s'est amusé à se promener dans le château au mépris des alarmes.

Je partirai sans savoir ce que voulait dire l'adjudant-chef Marin lorsqu'il me confia, le premier jour, à propos de la mixité dans la brigade de gendarmerie : « Si vous saviez ! » Je partirai sans savoir pourquoi François Ier a bâti un château pareil. Ce château, posé au milieu de nulle part comme une météorite, il aura gardé ses secrets. Je croyais qu'un château était une grande maison, mais celui-ci n'était pas une maison.

Chambord, été 2000-printemps 2003.

TABLE

1. La nostalgie. Un sommet européen. De l'or sur les toits. Vélos enchevêtrés. – *Page 9.*
2. Une frontière olfactive. L'œil du maître. De la mixité chez les gendarmes. – *Page 15.*
3. Pompidou à la chasse. La révocation de l'édit de Nantes. Les vrais regrets. – *Page 19.*
4. Écrire au calme. Déterrer un blaireau. L'impudeur du romancier. La Rochefoucauld. – *Page 29.*
5. Latinité et francité. François Ier et l'Italie à domicile. Infiltrations. – *Page 33.*
6. Infiltrations (suite). La métamorphose du monde. Abdou Diouf. – *Page 38.*
7. La saison du débraillé. Le sourire de Mitsuhirato. Radiers sur pilotis. – *Page 46.*
8. Un anti-Versailles. Qu'est-ce qu'un écrivain ? Tous ces livres que je voudrais renier. La race des dévoreurs de papier. Proust et le traitement de texte. – *Page 50.*
9. Pas de poésie sans exil. Les Français ont payé Chambord trois fois. Une Villa Médicis à la campagne. – *Page 57.*
10. L'anthologie des renoncements. Sainte-Hélène sans la mer. Glose de notaire. – *Page 62.*
11. Le roi a un problème avec l'eau. Des peintures irrécupérables. Un retard administratif. – *Page 67.*
12. Madame Élisabeth. Circuits technocratiques. Un virus. – *Page 71.*
13. Tournée des commissaires. L'art du contre-emploi. La malédiction de la première battue. Orsenna rabatteur. – *Page 77.*
14. Mon César. Fornications présumées dans le lit du roi. Le cheval du préfet. – *Page 84.*

15. Cabana ministre. Répression des fraudes. Colique de torsion à la gendarmerie. – *Page 88.*
16. Casamance. Lauragais. Limousin. Voyager avec sa motte de terre. – *Page 95.*
17. Sagesse et capitulations. De l'indifférence des chevaux devant un beau paysage. Du bonheur. – *Page 99.*
18. Mauriac au Cayla. Le brame des cerfs. On ne s'improvise pas photographe. – *Page 101.*
19. Silhouettes bovines. Un cauchemar récurrent. Un ancien préfet débouté par le tribunal. – *Page 104.*
20. Test de Rorschach. Ces réminiscences que nous n'avouons jamais. Michel Déon. Des poules insolentes. – *Page 109.*
21. Comment aborder Gorée. « La Découverte de la maison de campagne d'Horace ». Un dessert de Vivant Denon. – *Page 114.*
22. Aimer la campagne par défaut. Une confidence navrante. – *Page 120.*
23. Tir aux pigeons. Inspection du mur d'enceinte. Un rappel à l'ordre de l'adjudant-chef Marin. – *Page 122.*
24. Le rire passible des tribunaux. « Ne passez pas de maison en maison ». Gabriel Matzneff. L'adolescence de Jésus. – *Page 127.*
25. Quatorze battues au sanglier. Une réunion de crise. Hercule Poirot. – *Page 131.*
26. Cornemuse. Baroqueux anglais. Dispute. Chambord la nuit. – *Page 134.*
27. Un amour douloureux et lancinant. Le livre d'or imaginaire du château. Spleen préfectoral. Pluie. – *Page 141.*
28. Querelles d'amour-propre. « Tout finit bien, puisque tout finit. » – *Page 145.*
29. Une lettre de Pompidou. Un été. Un colloque. – *Page 147.*
30. Une exposition ratée. La silhouette des gens célèbres devenus vieux. – *Page 154.*
31. Du malheur de n'être pas vieux. La saison du confort. L'hiver à Chambord. Idées reçues. La vie privée des grands hommes. – *Page 156.*
32. Pensées médiévales. – *Page 162.*
33. Une battue au lièvre. Maurice Druon. Chirac et la chasse. – *Page 163.*
34. Vœux impossibles. – *Page 170.*
35. Froid. – *Page 171.*

36. Une aquarelle de Karl Reille. Chopin à Nohant. Comment prendre l'amour au sérieux. Maupassant a-t-il exagéré ? – *Page 172.*

37. « Une fille pour l'été ». La curiosité affective des femmes. L'impression bizarre d'avoir vieilli. – *Page 176.*

38. Fins de siècle. L'escalier de sortie. Athènes sous le consulat de Gracchus. – *Page 178.*

39. Rentrée littéraire. – *Page 182.*

40. Chasse à l'affût. Un remords de Pierre Moinot. – *Page 184.*

41. Montagnes jeunes, montagnes vieilles. Ce Viagra des sommets. « Familles, je vous hais ! » Étranges livrets. – *Page 186.*

42. Promesses électorales. Le paradoxe du canon à neige. Un dîner poitevin. – *Page 189.*

43. Héros oubliés. Du danger des bons sentiments. Désordres. – *Page 194.*

44. Le maréchal de Saxe écrivain. Soleil d'hiver. 68, ère détestée de ma génération. Le soleil rayonnant sur la mer. – *Page 197.*

45. Le prix Duras pour Pirotte. Classification des mensonges. Générique de fin. – *Page 204.*

46. Avant-première. Note au ministre, copie au roi. Le dur labeur de séduire. – *Page 207.*

47. Les poêles du maréchal de Saxe. Le plan de Georges-Louis Lerouge. – *Page 210.*

48. Refaire le monde. Un poète chez les sangliers. – *Page 214.*

49. Retour à Nohant. La plus belle invention du XXe siècle. Le temps, c'est ce dont Bach est le moins avare. – *Page 216.*

50. Des projets. – *Page 220.*

51. Blaise Pascal. La « directive oiseaux ». « Moi, X. P., hétéro, catho, réac... ». L'immobilisme en marche. – *Page 223.*

52. Une passion n'est pas un bonheur. La « guide-du-routardisation » des esprits. Mon amour-propre toujours affamé. – *Page 229.*

Chateau de Caserte - Naples

∞ à Marie Amelie de Saxe

NAPLES

Charles III de Bourbon espagnol

(autriche)

sud de l'Italie

18e s

sa mère Farnèse Elizabeth

neveu de Louis XIV

Farinelli -

Herculanum

fils de Charles

Ferdinand IV de Bourbon

CET OUVRAGE A ÉTÉ ACHEVÉ D'IMPRIMER SUR ROTO-PAGE PAR L'IMPRIMERIE FLOCH À MAYENNE EN MAI 2004, POUR LE COMPTE DES ÉDITIONS DE LA TABLE RONDE.

Dépôt légal : mai 2004.
N° d'édition : 3858.
N° d'impression : 60239.

Imprimé en France.